Brennan Manning

Prefácio de
Amy Grant

colcha de retalhos
a história da minha história

Copyright © 2010 por Brennan Manning
Publicado originalmente por David C. Cook, Colorado, EUA

Os textos das referências bíblicas foram extraídos da *Nova Versão Internacional*
(NVI), da Sociedade Bíblica Internacional, salvo indicação específica.

Todos os direitos reservados e protegidos pela Lei 9.610, de 19/02/1998.

É expressamente proibida a reprodução total ou parcial deste livro, por quaisquer
meios (eletrônicos, mecânicos, fotográficos, gravação e outros), sem prévia
autorização, por escrito, da editora.

Dados Internacionais de Catalogação na Publicação (CIP)
(Câmera Brasileira do Livro, SP, Brasil)

Manning, Brennan

Colcha de retalhos: a história da minha história / Brennan Manning; prefácio de
Amy Grant; traduzido por Fabiano Medeiros — São Paulo: Mundo Cristão, 2011.
(Série Lucy)

Título original: Patched Together: A Story of my Story.
ISBN: 978-85-7325-641-3

1. Contos norte-americanos   I. Grant, Amy.   II. Título.

10-11607   CDD —813

Índice para catálogo sistemático:
1. Contos: Literatura norte-americana   813

Categoria: Espiritualidade

Publicado no Brasil com todos os direitos reservados por:
Editora Mundo Cristão
Rua Antônio Carlos Tacconi, 69, São Paulo, SP, Brasil, CEP 04810-020
Telefone: (11) 2127-4147
www.mundocristao.com.br

1ª edição: fevereiro de 2011
2ª reimpressão: 2021

Em parábolas abrirei a minha boca,
proferirei enigmas do passado...
SALMOS 78:2

prefácio

Fui uma das muitas pessoas que escutaram Brennan palestrar no palco de um festival de música nos arredores de Boston. Isso aconteceu há muitos e muitos anos. Na ocasião, ele falou de sua experiência de conversão de uma maneira que eu nunca havia parado para pensar.

A reação que Brennan teve diante do amor de Deus foi totalmente sincera. Ele estava de joelhos certa vez e, quando se levantou, correu para fora e, ao relento, sob o brilho das estrelas, com os punhos cerrados, vociferou para os céus: "Tu és louco... louco de me amar tanto assim!". A paixão, a descrença, o maravilhamento, a confusão, a alegria e a gratidão de Brennan diante do amor de Deus e de seu dom de salvação libertaram todos nós para experimentarmos mais uma vez a maravilha de sermos amados.

Que presente foi aquilo para mim na ocasião! E agora, muitos anos depois, após tantos quilômetros rodados, depois de apertar muitas mãos e proferir diversas palavras, com toda a tranquilidade esta história brota de sua pena. A história de Willie Juan, aqui recontada. A história de Brennan. Talvez a minha história e a sua também.

Adoro uma boa história.

Colcha de retalhos me transportou da familiaridade cômoda da minha poltrona de leitura para o cenário empoeirado do México e para o coração delicado de Willie Juan. Ao percorrer suas lutas, triunfos e angústias, ambos redescobrimos, vez após vez, o amor e a misericórdia de Deus. Eu me reconheci no retrato que Brennan traça de um Willie Juan com cicatrizes, ridicularizado, estimado, talentoso e redimido. A vida é imprevisível — por vezes bela e por vezes cruel. Parece que todos estamos navegando na mesma rota, fugindo do amor pelo qual ansiamos e a ele sempre retornando.

Amy Grant

uma palavra do autor

Prezado Leitor,

***Colcha de retalhos* é uma história** muito especial para mim. É, sob vários aspectos, minha própria história.

Talvez você já tenha lido algumas de suas linhas em dois de meus livros: *The Boy Who Cried Abba* [O garoto que clamava Aba] e *Journey of the Prodigal* [A jornada do pródigo]. Com a ajuda de meu bom amigo John Blase, tomei esses dois livros, revisei-os e os fundi, como numa colcha de retalhos. Então, costurei nessa colcha um retalho completamente novo: um terceiro capítulo que desfecha a história. Não se trata de uma colcha sem emendas, totalmente uniforme, mas tampouco eu o sou.

O livro é dividido em três seções: Manhã, Meio-Dia e Noite. Escrevi este livro na Noite da minha vida. A Manhã e o Meio-Dia já passaram; envelheci, fiquei frágil e quase cego. Já faz anos que escrevo sobre o grande amor que Aba tem pelos maltrapilhos. Às vezes, nestes dias, luto para crer no que escrevi. Saber que você lê e luta junto comigo importa mais para mim do que você é capaz de imaginar.

Com certeza, acredito que à noite sempre se segue a manhã. E é nesse momento que chega a alegria.

Desfrutando dos benefícios da misericórdia,

manhã

"Há algo mais importante
que compreender."

Willie Juan corria esbaforido pelas ruas do vilarejo. Era hoje o dia: a *Fiesta* da Virgem da Assunção, ensejo de grande celebração em todas as cidades mexicanas às margens do rio Grande. Hopi podia não passar de uma vila pobre, sem grandes refinamentos, limitando-se a permanecer, por questões de sobrevivência, às margens daquele rio tão lamacento. Mas o povo de Hopi adorava seus festejos. E o menino chamado Willie Juan devia ser, dentre todos do vilarejo, o que mais os apreciava.

Houve um tempo, muito recuado no passado, em que Hopi recebia um grande trânsito de pessoas. As prósperas operações de extração de prata e chumbo atraíam visitantes de perto e de longe e forneciam emprego para a maioria dos que lá viviam. Mas não havia nenhuma intenção de preservar, apenas de consumir. O solo se tornou totalmente desprovido de minério, restando nada mais que o pó da terra. As atividades de mineração sugaram quanto puderam e depois seguiram seu rumo. Muitos residentes de Hopi saíram no encalço. Talvez a melhor descrição do que restou fossem duas simples palavras — *quase nada*.

Willie Juan ziguezagueava por entre o vilarejo de pequenas choças de adobe, dirigindo-se para o coração da cidade. Ao olhar para cima, pôde divisar os picos pontiagudos da Sierra Padres, que se elevavam a oeste. Willie Juan supunha que houvesse algo nas montanhas que lhes rechaçava a vocação para planície. O brilho do branco, os tons de rosa e de amarelo se destacavam todos eles em contraste com o granito densamente sombrio das montanhas e com o céu estival de brigadeiro. O sol de agosto fazia as cores tremeluzir e dançar, como que prelibando a *fiesta*.

A Hopi em que Willie Juan agora trilhava já se achava exaurida, com edifícios que gemiam sob o peso do tempo e da intempérie. As construções mais velhas de adobe se haviam desintegrado e dissolvido sob a investida do vento e da chuva. Cômoros de rochas, acumulados nas escarpas das serras adjacentes, mascaravam o abandono das minas que um dia sustentaram a comunidade. As ressequidas e raquíticas plantas do deserto, como o *ocotillo* e a figueira-da-índia, cresciam a despeito das condições climáticas áridas e mesmo cruéis. O calor do verão era insuportável. Naquele dia chegava quase aos quarenta graus.

Um adulto perceberia e sentiria essas coisas, mas não uma criança. Willie Juan não notava o calor, nem a deterioração; tinha a mente fixada em outras coisas. No íntimo, esperava que hoje fosse diferente, que fosse um dia de acolhimento para ele. Já bem cedo na vida descobrira que ele na verdade não se encaixava, não era como os outros meninos e meninas. Percebera que as pessoas, mesmo as crianças, e sobretudo as crianças, podem ser cruéis em relação aos diferentes. Quase todos os dias, na escola, as crianças riam da cor estranha de sua pele, puxavam seu cabelo laranja-avermelhado e, às vezes, chutavam sua perna rija. Willie Juan esperava que hoje não fosse como quase todos os dias.

Quando, por fim, chegou ao centro da vila, entregou-se sem detença ao divertimento da *fiesta*. Estava animadíssimo. A *fiesta* era o grande destaque do verão! Todos no vilarejo paravam de trabalhar para festejar.

Willie Juan comprou um *tamale*[1] apimentado e correu ansioso para participar das brincadeiras. Encontrou um grupo de crianças que, naquela hora, formavam equipes para a competição do cabo de guerra. A espessa corda se estendia sobre uma grande poça d'água que os homens da vila tinham cavado para o jogo e para a qual haviam trazido baldes e mais baldes de água. Willie Juan se pôs na frente das crianças, implorando para ser escolhido para uma das equipes. Um menino deu de ombros e disse: "Por mim, tudo bem", colocando Willie no primeiro lugar da fila. Mas, quando começaram a puxar a corda, seus companheiros de equipe a soltaram do nada. Willie Juan foi arremessado para diante, deu de cara no chão e depois foi arrastado pela lama espessa e pardacenta. Como em quase todos os dias, as crianças riram até não querer mais, enquanto Willie Juan se levantava e tentava se limpar. Todos acharam aquilo muito engraçado... todos, quer dizer, menos uma menininha da vila, chamada Ana. Ela não era como a maioria das crianças.

Willie Juan fugiu dali, para longe das risadas. Recusouse a chorar. "Era só uma brincadeira dos meninos", tentava se convencer. Mas por que era sempre ele o alvo do gracejo? Decidiu não permitir que as crianças abafassem seu entusiasmo; afinal de contas, aquele era um feriado. Ficou uns minutinhos assistindo ao desfile e depois perambulou pelas barracas da feira, sentindo o cheiro magnífico dos alimentos à venda nas carrocinhas e examinando vários dos lindos artigos à venda.

Um pouco mais tarde, encontrou os colegas de escola formando as duplas para a corrida do carrinho de mão. A maioria dos habitantes da vila se reuniu especialmente para assistir a essa corrida. Os meninos precisavam demonstrar força e velocidade, além de lograrem transformar um instrumento de trabalho num brinquedo. O objetivo era ser o primeiro a atravessar a linha de chegada empurrando o carrinho de mão com o parceiro de dupla dentro do carrinho. Willie Juan se aproximou mais uma vez, tentando não pensar na experiência com o cabo de guerra. Observou tudo em silêncio, enquanto o padre organizava nove duplas de meninos na extensão da linha de partida, cada dupla com um carrinho de mão de madeira. No fim da fileira, havia um carrinho de mão com somente um menino, Tino, que estava sem parceiro. Ao levantar a cabeça, o padre viu Willie Juan afastado, sozinho, e o chamou para ser a dupla de Tino. Willie Juan hesitou, mas confiou no padre. Apressou-se para dentro do carrinho; quando olhou para trás, porém, o rosto de Tino denunciava toda a sua indignação; Tino não estava contente de fazer dupla com alguém tão estranho, imaginou Willie Juan. Ainda assim, Willie Juan se voltou para a frente, agarrou-se aos lados do carrinho de mão e se segurou bem firme enquanto a corrida começava em meio a gargalhadas estrepitosas.

A princípio, tudo parecia ir muito bem, de forma quase promissora. Tino empurrava o carrinho de mão como se sua vida dependesse dele, e Willie Juan chegou a pensar que poderiam ser os vencedores. Até havia gente torcendo por eles. Mas, pouco antes da linha de chegada, Tino se desviou de sua trajetória e despejou Willie Juan sobre uns arbustos cheios de espinho. Mais uma vez, a esperança se transformava em boas risadas, das quais ele, de novo, era o alvo.

Os meninos gargalhavam enquanto Tino, tendo-se voltado para a plateia, curvava-se em agradecimento pelo espetáculo, obviamente satisfeito consigo mesmo e com o gracejo. Willie Juan rastejou para fora dos arbustos e lentamente retirou cada um dos espinhos. Com certeza se feriu por fora, mas a ferida mais profunda estava em seu interior, onde ninguém podia ver. A irmãzinha de

Tino, Ana, passou por ali e olhou fixamente para o irmão: "Não foi nem um pouco engraçado, seu Tino". Sorriu para Willie Juan, acenou amavelmente e depois partiu com outras meninas.

Tudo que Willie Juan queria era desaparecer do mapa. Por isso, procurou se esconder entre vários ilusionistas e músicos. Um dos homens tocava uma marcha militar num cintilante trompete prateado. Willie Juan ficou impressionado com o talento do homem; tocava com tamanha facilidade. Mas, por mais bela que fosse a música, o pensamento que não queria largá-lo era que "Nada jamais será assim tão fácil para mim". Mais tarde, quando o sol deu boa-noite e se recolheu, Willie Juan manquejou até a casinha minúscula onde morava junto com a avó em uma das extremidades da vila. Infelizmente, Willie Juan concluiu, aquele dia acabara sendo como todos os outros.

Depois que Willie Juan chegou a casa, a avó arrancou os espinhos que ele não conseguira alcançar, ajudou-o no banho a retirar a lama já sólida e grudada que restara do tombo na poça d'água e esfregou óleo de babosa em sua pele arranhada e dolorida.

Enquanto a avó cuidava dele, Willie Juan pensava como ela também fora considerada "diferente". Na juventude, como lhe contou, ela levara uma vida desenfreada, procurando amor e felicidade em braços e lugares errados. Mas então, um dia, experimentou uma grande mudança. Abandonou tudo o que antes conhecera, mudou seu nome para Sereno Poente e recolheu-se para viver reclusa em sua minúscula choupana de adobe. Os visitantes eram sempre bem-vindos ali, e, embora ela fosse muito pobre, adorava receber pessoas, sempre pronta a oferecer um bocado de comida, algo para beber e um bom papo.

— Vó — chamou-a num suspiro — por que as outras crianças são tão más comigo? Não consigo entender. Por que pareço tão engraçado?

Sereno Poente puxou-o para seu regaço macio e o acalentou suavemente, contando, como fizera tantas outras vezes, a história agora já bem conhecida de seu nascimento e de seus primeiros anos de vida. Sempre intitulava a história *A criança da terça-feira, cheia de graça...*

— Era uma linda terça-feira na vila quando você nasceu, Willie Juan. Todos ficaram curiosos a seu respeito, querendo saber...

— Será que é menino ou menina? — cantarolou Willie Juan.

— Isso mesmo... "Será que é menino ou menina?"... Como sabe, seu trisavô, Jack, chegou a este país de barco, vindo da Irlanda, e sua trisavó, Lizzie, era uma ex-escrava africana. Isso quer dizer que seu bisa, John, era afrocelta e se casou com sua bisavó, Mai, que era do Camboja. Por isso, seu pai...

— Johnny, certo? O nome do meu pai era Johnny?

— Exatamente, Johnny, uma mistura da Irlanda com a África e com a Ásia. E ainda se casou com sua mãe,

Consuelo, que era do México. Sua mãe era minha filha, e, na veia dos nossos antepassados, corria sangue espanhol e índio. Por causa de toda essa mistura, você tem uma cor de pele bem diferente, como ninguém jamais tinha visto antes. Seus pais é que escolheram seu nome...

— Eles me deram o nome de Willie Juan. Me diga o que quer dizer, Vó.

— Willie Juan, diga você o que significa.

— Willie de *William*, que significa "forte", e Juan é o mesmo que *João*, que significa "amado".

Sereno Poente deu um sorriso.

— É isso mesmo. Quando você ainda engatinhava, você e seus pais sofreram um acidente de carro muito grave. Sua perna direita foi esmagada e parte das ferragens em chamas do carro caiu sobre o seu rosto e o seu corpo, deixando queimaduras em várias partes de sua pele negra, branca, vermelha e dourada. Os médicos fizeram o que foi possível por sua perna, e, depois de um tempo, suas queimaduras sararam, mas ficaram muitas cicatrizes marcando sua pele delicadamente brilhosa.

— Mas meu cabelo nunca foi atingido, não é mesmo?

— Não, Willie Juan. Por incrível que pareça, seu cabelo jamais foi tocado... teve sempre o mesmo vermelho-cobre brilhante. — Sereno Poente embalou-o delicadamente, afagando sua cabeça, fazendo-lhe cafuné. — Seu pai era um trabalhador migrante: colhia frutas e verduras, seguindo o sol e as estações, viajando pelo país de campo a campo, ceifando as colheitas já maduras. Por causa de seu trabalho, precisava se ausentar por longos períodos. Sua mãe ficava aqui para cuidar de você. Ela mesma começou a trabalhar cultivando o campo em uma horta da região, plantando, capinando e segando. Seu pai enviava dinheiro e cartas a cada semana de lugares distantes e estranhos (Flórida, Geórgia, Nova Jersey e Maine), e sua mãe as lia para vocês várias vezes. Você amava muito o seu pai e amava ouvir as palavras que ele escrevia quando lidas por sua mãe.

— Então, um dia as cartas pararam de chegar. Por muitas semanas, a vila inteira sofreu a angústia junto com sua mãe. Todos achávamos que, com certeza, devia haver algo errado. Por fim, numa tarde, um trabalhador que tinha viajado com seu pai retornou para casa. Estava muito cansado, mas fez questão de ir até sua casa falar com sua mãe. "Tenho notícias de seu marido", ele disse com tristeza. "Ele se juntou a outra mulher, com mais dinheiro e uma casa melhor. Não voltará mais para Hopi; não devemos esperar notícias dele".

— Vó, o meu pai me amava?

— Sim, meu pequeno. Eu creio que ele o amava. Às vezes, Willie Juan, os homens se perdem com o passar dos anos. Foi, acredito eu, o que aconteceu com seu pai. Aí está algo muito difícil de compreender. — Sereno Poente fez uma pausa. — Sua mãe foi tomada de grande tristeza depois que seu pai a deixou. Raras vezes voltou a sorrir.

Sem a renda que ele enviava, estava sempre apertada financeiramente e desesperada para conseguir tomar conta de você. Então, aumentou o número de horas trabalhadas no calor escaldante dos campos de hortaliças. Depois de muitas semanas trabalhando dezesseis horas por dia, ela desmaiou no campo, uma tarde, por excesso de exposição ao sol. Quando a trouxeram para a minha casa, já estava morta. O coração humano tem um limite que pode suportar; depois disso, ele se parte completamente.

Willie Juan sentou-se em total silêncio. A parte da história sobre seu pai sempre lhe gerava confusão, mas a parte sobre sua mãe lhe causava dor e sofrimento. Sempre, toda vez.

— Se fosse esse o fim da história, teria sido uma catástrofe — disse Sereno Poente. — Mas não foi. Depois do funeral dela, eu o trouxe para cá, para morar comigo. Willie Juan, meu querido, você trouxe uma alegria para os meus dias muito além do que eu jamais havia imaginado.

— Então eu não sou uma cat... catás... o que você disse mesmo?

— Catástrofe. Não, você não é, não, porque, se fosse assim, sua história não teria nenhum brilho. Mas ela tem, Willie Juan. Gosto de dizer que é uma tragédia; significa que há sofrimento, mas é também misturada com momentos de alegria. Somente Deus sabe quanto eu o amo!

Sereno Poente fora sempre generosa em demonstrar acolhimento e ternura para Willie Juan. Ele sabia que ela fizera o melhor que pôde. Mas sabia também que agora a avó estava ficando velha, e não podia protegê-lo quando estivesse longe dela, nas ruas. O amor e o cuidado de Sereno Poente eram para ele um lugar de refúgio ao fim do dia, mas não servia de amortecedor contra os riscos do mundo. E, ainda que a babosa aliviasse as feridas que ela conseguia enxergar, ele sabia que a avó não podia fazer muita coisa por suas feridas mais profundas, as do íntimo, próximas a seu coração.

Na noite da *Fiesta* da Virgem da Assunção, Willie Juan chorou silenciosamente nos braços da avó. Enquanto as lágrimas se transformavam aos poucos em suspiros, ela o afagava delicadamente e sussurrou outra das histórias que ele a tinha ouvido contar tantas vezes, a do Homem de Dores. Foi sabendo do amor dele por ela que parou de fugir e mudou de nome; um amor assim, dizia ela, é simplesmente estonteante. Mas ele amava todos, especialmente as criancinhas. Sempre que as crianças o viam, corriam para ele e nunca queriam sair de perto. *Deixem vir as criancinhas*, sussurrava ela. *Deixem vir as criancinhas*. Bem depois de Willie Juan cair no sono, ela continuou a embalá-lo suavemente, sussurrando o profundo amor do Homem de Dores.

Na manhã seguinte, Willie Juan acordou com um tipo diferente de tristeza. Vivia triste quase todos os dias, mas esse dia era diferente. Estava tão infeliz por não ter amigos que tudo o que queria fazer era correr e se esconder. Ao deixar a casa da avó, ficou pensando para onde poderia ir, um lugar em que pudesse ficar completamente sozinho, onde ninguém pudesse vê-lo ou rir dele. Sentiu o frescor da brisa contra sua pele e se lembrou do lugar sombrio que era a igreja de adobe no centro do vilarejo, com sua doce fragrância de incenso e sua paz misteriosa. A igreja seria um lugar onde poderia ficar escondido.

Embora costumasse se sentir fascinado pelas cores, pelas imagens e pela música da igreja, havia algo que sempre o havia atraído ainda mais. Era o enorme crucifixo sobre o altar. Entretanto, nunca ousara aproximar-se. Nesse dia, porém, com uma tristeza diferente, mais profunda, a seu lado, decidiu olhar bem de perto. A tristeza, em grau intenso, às vezes leva a um tipo de coragem.

Willie Juan pisou na igreja silenciosa e lentamente foi percorrendo o corredor lateral. Contente de encontrar o lugar sagrado vazio, espiou a sacristia, viu uma escadinha e a puxou para o altar central. Quanto viu que estava bem firme, escalou para olhar de perto o rosto no crucifixo.

Sem hesitar, Willie Juan estendeu a mão e cuidadosamente tocou o rosto, tateando a testa, as faces, o queixo. Em seguida, olhou bem dentro de seus olhos. Eram olhos diferentes de tudo o que jamais vira antes: tristes, amáveis e bondosos. Ao fitar aquela imagem, ele sabia que esse homem no crucifixo era o grande Homem de Dores — aquele sobre quem Sereno Poente sussurrara tantas vezes, o amigo de todas as crianças. Willie Juan continuou a afagar aquele rosto, relembrando as palavras sussurradas pela avó sobre esse homem amoroso, permitindo que a verdade de sua descoberta o inundasse um minuto após o outro. Quanto mais se detinha, mais sabia que ele o amava.

O homem parecia tão sedento, e Willie Juan se encheu de pesar por ele. Desceu com dificuldade a escadinha, tomou um copo d'água e com todo o cuidado escalou de novo a escada, tentando não derrubar a água que trazia nas mãos. Com todo o cuidado, derramou a água fresca na boca entreaberta do homem. Mas a estátua não movia os lábios, e a água escorreu pelo queixo pintado, espalhando-se pelo altar lá embaixo. Algumas gotas espirraram de volta nas faces pintadas, fazendo parecer que seus olhos tristes haviam acabado de marejar lágrimas.

De repente, Willie Juan ouviu o escárnio já bem conhecido do riso. Virou para trás rapidamente, quase perdendo o equilíbrio, e viu três de seus colegas de classe. Percebeu que os meninos deviam ter entrado furtivamente pela porta lateral da igreja e deviam ter testemunhado sua tentativa de ajudar o Homem de Dores. Depois de zombarem dele, correram até a casa paroquial, e, dentro de minutos, o sacerdote entrava com eles no santuário.

— Por Deus, o que você está fazendo? — gritou o padre. — Nunca, nunca, nunca mexa nas coisas sagradas!

Os colegas de classe de Willie Juan saíram correndo pela porta lateral, mas Willie ficou parado, quase congelado diante da raiva do padre.

— Mas… mas… padre, ele parecia tão sedento, e eu só queria ajudar…

Willie Juan tentou explicar sobre os olhos tristes, meigos, penetrantes do homem, mas o padre só escarnecia dele.

— É uma estátua, e muito cara, diga-se de passagem! — bufou o padre. — Além disso, só um padre pode mexer nessas coisas; elas precisam permanecer intocadas pelo mundo.

Diante daquela plateia de uma só pessoa, atenta e amedrontada, o padre passou um sermão em Willie Juan sobre a parúsia, sobre ascensões e assunções, realidades escatológicas e todos os demais temas que passara a dominar ao longo do seminário.

Quando o padre concluiu, Willie Juan reuniu forças para dizer "Obrigado" e retirou-se da igreja porta afora. O local que imaginara ser uma casa de consolo e abrigo acabou se mostrando não mais que outro lugar de vergonha. Instintivamente, desceu acompanhando a margem do rio; o suave movimento das águas sobre as rochas era um conforto, como o sentimento que tivera ao olhar para dentro dos olhos tristes do Homem de Dores.

O calor do verão por fim começou a dar lugar ao vento frio do outono que agora soprava sobre as montanhas. O tempo passava para Willie Juan como sempre. Mas, mesmo depois de semanas, seu pensamento não parava de se voltar repetidas vezes para o Homem de Dores e seu olhar manso e triste. Esses pensamentos sempre deixaram Willie Juan cheio de emoções mil, desde a compaixão até maravilhamento, passando pela curiosidade.

Não via a hora de chegar a *Fiesta* da Virgem de Guadalupe, a próxima grande celebração do vilarejo. Ocorrida em meados de dezembro, essa *fiesta* era uma comemoração alegre e luminosa. Haveria fogos, danças, uma peça teatral de cunho religioso, com direito a figurino e tudo, a festa da pimenta *jalapeño* e uma procissão com tochas que perpassava toda a vila. E o melhor de tudo: havia um parque de diversões especial, montado exclusivamente para as crianças.

Willie Juan vinha guardando dinheiro adquirido em seu trabalho de meio expediente, no qual cuidava de um jumento da vila. Embora fosse um trabalho recusado por todos, para Willie Juan tratava-se de uma tarefa muito importante. A vila tinha um *burro*, Pedro, que pertencia ao pai de Tino e Ana; o estábulo ficava no centro da cidade. Até quatro anos antes, havia água corrente, levada às choupanas por uma bomba que funcionava movida pelo único gerador da vila. Mas, certa noite, um enorme temporal, com relâmpagos e trovões, silenciou o gerador. Depois disso, nada de água corrente. Agora, como a vila tinha ficado sem gerador, era necessário fazer um percurso com Pedro para fora, *arriba*, até o poço escavado na região desértica, e depois voltar com suprimentos de água.

Todos os dias após a escola, Willie Juan e Pedro se dirigiam *arriba* em várias viagens, trazendo de volta grandes quantidades de água para quem necessitasse. Depois de encerrar o expediente, ele retornava ao estábulo, onde a irmãzinha de Tino, Ana, que amava Pedro, mas recebera ordens de não chegar perto do animal, se escondia até que Willie Juan retornasse. Willie então deixava que ela o ajudasse a alimentar Pedro e a trazer palha nova para o animal se deitar. Pelo trabalho que realizava, Willie Juan ganhava seis pesos por semana. Ana tinha o prazer de ajudar de graça.

Por ocasião da *Fiesta* da Virgem de Guadalupe, Willie Juan tinha economizado 88 pesos. Com mais doze que ganhara de Sereno Poente, saiu para a festa empunhando cem pesos, que poderia gastar em qualquer coisa que desejasse. Manquejando cheio de ansiedade até a praça da vila, ficou encantado com os pôneis do carrossel em movimento, a carrocinha de algodão-doce, as senhoras em suas saias rodadas e de vivas cores, os homens em seus *sombreros* enfeitados de lantejoulas, que usavam uma só vez no ano, e o palhaço colorido com roupa listrada dançando com grande destreza.

O ar fresco de dezembro enchia-se de música, de risos e do aroma dos alimentos ali preparados, todos de dar água na boca. Havia as velhas especialidades, como as *fajitas*,[2] os *burritos*,[3] as *tortillas*[4] apimentadas, os *tacos*[5] *com chili*,[6] os *chilis rellenos*[7] e os *nachos*,[8] além das iguarias da *fiesta*:

as *enchiladas*[9] recheadas com galinha, ensopados de porco com *chili* e feijão preto, *frijoles rancheros*,[10] caldo verde de pimenta *chili*, bolo de farinha de milho com segurelha, mingau e torta de batata doce. Barraca após barraca, a feira circundava a praça toda; o fogo dançava alegremente sob as caçarolas, e um vapor perfumado subia pelo ar.

Willie Juan estava absorto em encantamento. Enquanto ainda tentava decidir se devia comprar uma simples *tortilla* ou uma *fajita* rechonchuda e suculenta, percebeu a presença de uma velha carroça de madeira a que estava presa uma pequena égua de pelo marrom. Na lateral da carreta estava pendurada a placa: O MAIOR ESPETÁCULO DA MEDICINA. Cheio de curiosidade, ele se dirigiu para perto da charrete, parando bem onde acabava a aglomeração. De repente, sentiu o coração quase sair pela boca. Um homem alto, muito magro, mesmo esquelético, saiu da carroça de quatro rodas e estava prestes a falar quando cruzou o olhar com Willie Juan em meio à multidão. Olhou fixamente para o menino, como se pudesse enxergar seu *interior*. Willie Juan reconheceu o homem, cujo rosto trazia as marcas e as rugas da idade. Os olhos… havia algo que seus olhos não conseguiam esconder.

— O Homem de Dores! — falou Willie Juan de modo ofegante.

Percebeu imediatamente. O homem sorriu para Willie Juan, com o rosto brilhando como o sol a irromper após a chuva, seus olhos cintilantes de alegria. À medida que o homem se aproximava, caminhando em meio à multidão até chegar ao menino, Willie Juan simplesmente não conseguia se mexer.

— Olá, Irmãozinho — disse com um largo sorriso. — Estive a sua espera. Tinha esperança de vê-lo hoje.

Willie Juan foi tomado de sobressalto. Não estava acostumado a esse tipo de cumprimento. Em geral, as pessoas não ficavam muito contentes em vê-lo.

— Você não vai chegar mais perto? — perguntou o homem. Estendeu a mão cicatrizada para Willie Juan. — Por favor, diga-me o seu nome.

— Meu nome é Willie Juan — disse o menino.

O homem apontou para si mesmo.

— As pessoas me chamam o Homem do Remédio. Você parece muito sozinho, Willie Juan. — Virou-se e estendeu a mão até a parte de trás da carroça. — Tenho um presente especial para você, Irmãozinho. — Passou às mãos de Willie Juan um pequeno frasco transparente contendo um linimento brilhoso e alaranjado. — Friccione três gotas sobre o coração: uma hoje à noite, outra amanhã e outra no dia seguinte. Confie em mim: coisas maravilhosas acontecerão.

Willie Juan enfiou a mão no bolso para pegar seus pesos, mas o Homem do Remédio fez um sinal para que não pegasse as moedas.

— Guarde seu dinheiro, Willie Juan. O que recebi de graça dou também de graça.

À medida que a pequena aglomeração se transformava em uma grande multidão, o Homem do Remédio falava com Willie Juan, mas sua voz era bem forte, de modo que todos ouviam suas palavras. O Homem do Remédio disse que o frasco continha *amorina* — o Remédio do Amor. Contou que tinha milagrosos poderes curativos — especialmente para os problemas do coração.

Uma voz na multidão gritou:

— É tudo de que precisamos: um velho acabado vendendo amor num frasco de remédio. Que mais você tem na carreta, lâmpadas com gênios?

A multidão se deliciava e ria estrondosamente.

— Nem lâmpadas, nem gênios — respondeu educadamente o Homem do Remédio. — Apenas amor, e de graça.

Todos ali continuaram a rir e a gracejar, afastando-se pouco a pouco, um a um. Ninguém levou um frasco sequer, embora o Homem do Remédio tivesse, por várias vezes, oferecido dá-lo sem custo algum. Por fim, se sentou no veículo. Somente Willie Juan havia permanecido.

O menino se aproximou dele e perguntou timidamente:

— *Señor*, esse amu... am... é..., o negócio dentro desse frasco, ele vai endireitar minha perna torta e fazer desaparecer minhas cicatrizes? — Willie Juan foi tomado de surpresa pelo que aconteceu em seguida. Os olhos do Homem do Remédio transbordaram em lágrimas. Willie Juan ficou apavorado. Teria dito alguma coisa que o ofendera? Seria aquela uma pergunta tola? Será que o Homem do

Remédio, ao perceber de perto a pele cheia de cicatrizes de Willie Juan, estava agora arrependido de ter gasto tempo com ele?

Mas o Homem do Remédio simplesmente sorriu, esfregando os olhos.

— Que fé de criança você tem, Willie Juan... dos tais é o reino. Sim, meu remédio endireitará sua perna encurvada. Quanto às cicatrizes, não tenha pressa em se livrar delas; são mais belas do que você jamais será capaz de imaginar. Apenas terá de confiar em mim.

Na verdade, Willie Juan não compreendeu aquelas palavras sobre as cicatrizes, mas com certeza entendeu quando o Homem do Remédio perguntou se gostaria de almoçar com ele. Mal podia acreditar... participar de uma refeição junto com alguém era sinal de amizade. Ninguém jamais o havia convidado para uma refeição, nunca. Aliás, ninguém em toda a sua vida — a não ser sua mãe e Sereno Poente — jamais oferecera partilhar nada com ele. Então começou a sentir coisas em seu coração que não conseguia descrever em palavras; por sinal, seu coração parecia até mesmo bater diferente.

Willie Juan estava fora de si. Enfiou a mão no bolso, tirou todos os seus pesos e exclamou:

— Eu compro a sobremesa: algodão-doce, picolé de limão, biscoitos de dente-de-leão... o que quiser!

Comeram com muita alegria e entusiasmo; jamais Willie Juan tivera uma refeição tão maravilhosa. O menino falava com empolgação, e o Homem do Remédio escutava silenciosamente. Willie Juan falou sobre a morte do pai e da mãe, do acidente, de sua avó e de seu óleo de babosa com propriedades curativas, de como era difícil a escola e de quanto almejava ter um amigo, apenas um. Olhou para cima, para os olhos tristes e meigos do Homem do Remédio e, de repente, reuniu coragem suficiente para perguntar:

— *Señor... señor...* você... você seria meu amigo?

— Sim, Willie Juan. Eu serei seu amigo — respondeu serenamente o Homem do Remédio.

Willie Juan se encheu de entusiasmo.

— Mal posso ver a hora de contar para minha avó. Assim que chegar em casa, vou contar para ela que tenho um novo amigo. Ela também ficará feliz.

Acabaram de comer e começaram a deixar tudo em ordem. Ao recolherem as sobras, Willie Juan percebeu que parecia ter restado a mesma quantidade de alimento que havia quando começaram a comer.

— Que impressionante! — disse.

Willie Juan então procurou e encontrou uma sacola para carregar até sua casa o que havia sobrado. Sereno Poente também ficaria feliz de compartilhar da mesma refeição.

Então, sem prévio aviso, um frio gelado tomou conta do coração de Willie Juan. "Nunca tive um amigo antes", percebeu. "E não sei como os amigos se comportam. O

Homem do Remédio é tão legal comigo; ele divide sua refeição, não ri de minha pele cheia de cicatrizes, me escuta. E se eu não for um bom amigo para ele? E se eu o decepcionar? E se ele mudar de ideia? Eu poderia perder meu único amigo." Toda a sua pequena e frágil estrutura estremeceu de pânico, só de pensar. Willie Juan pegou na mão do Homem do Remédio e clamou:

— Ah, *señor*, por favor, me diga: o que significa ser amigo?

— Não deixe que seu coração fique conturbado, Irmãozinho — respondeu o Homem do Remédio. — Eu lhe mostrarei o que significa amizade para mim... e, a propósito, significa muita coisa. Vou lhe contar que tipo de amigo eu sou, e então você decide por si mesmo, Willie Juan, que tipo de amigo você quer ser.

— Sim, *señor*.

— Irmãozinho, ser amigo significa amar completamente. Você não precisa compreender tudo, e é quase certo que isso nunca será possível. Mas não quer dizer que não possa amar de corpo e alma. Esse é o sentido de ser amigo. E é algo realmente impossível sem a misericórdia de Deus. Por isso, ore todos os dias: "Senhor, tem misericórdia".

Willie Juan, extasiado com as palavras do Homem do Remédio, ficou totalmente calado.

— Irmãozinho?

Willie Juan levou um susto.

— Hã? Sim, *señor*?

— Você vai se lembrar de tudo o que eu lhe disse?

— Ah, não, *señor*... quer dizer... sim... quero dizer... é... Willie Juan estava confuso.

— Tente não se esquecer — disse o Homem do Remédio. — É muito importante lembrar.

Willie Juan tinha escutado atentamente, mas sabia que ainda tinha muito que aprender sobre o que significa ser amigo. Meneou a cabeça tristemente.

— *Señor*, amar de corpo e alma... eu jamais poderia ser um amigo assim. Depois, não passo de um menino e jamais tive um amigo. Tenho certeza de que vou pisar na bola.

— É por isso que lhe dei a *amorina*, Willie Juan. Ela o ajudará a perdoar e a esquecer, para que você possa primeiro fazer amizade com você mesmo; depois e só depois, você conseguirá fazer outros amigos.

Por alguma razão Willie Juan visualizou em seu pensamento o rosto de Ana. Parecia que ela gostava de si mesma; talvez fosse por isso que gostava dele. Depois, seus pensamentos se voltaram para si mesmo.

— Então você tem certeza de que vai curar minha perna e minhas cicatrizes?

— Sim, meu pequeno amigo. Apenas se lembre do que eu disse sobre as cicatrizes; está certo? Elas são bonitas se você aprender a enxergá-las de verdade. — Então, fez uma pausa. — E agora, Willie Juan, preciso ir. Adeus. Preciso ir para casa, para meu pai.

— O q... quê? — perguntou Willie Juan de modo ofegante. — Posso ir com você? — Aquele anúncio repentino fez que se sentisse abandonado, só e receoso. Com uma voz suplicante, pediu outra vez:

— *Señor*, posso ir com você?

— Não, ainda não, Willie Juan. Ainda não chegou a hora. Há um rio que corre do trono de meu pai. Um dia, num futuro bem distante, esse rio chamará seu nome. Então você saberá que chegou a hora. Nesse dia, você poderá vir comigo. Confie em mim.

Willie Juan não pôde deixar de perceber que o Homem do Remédio havia usado a palavra "trono". Ficou se perguntando se o pai do homem era um rei.

— *Señor*, quem é seu pai?

— Eu o chamo Aba.

O nome soou engraçado para Willie Juan, que então começou a rir sem parar. "Aba, Aba, Aba..." Deixou que a palavra ricocheteasse em sua boca, sentindo como era fácil pronunciá-la, como era engraçada a sua sonoridade. Fazia seus lábios formigarem quando a proferia bem rápido. Depois foi ficando cada vez mais em silêncio. Arrependeu-se de ter rido. Talvez o Homem do Remédio não gostasse de que as pessoas rissem do nome de seu pai.

— Me desculpe, *señor* — Willie Juan implorou. — Eu não quis zombar do nome de seu pai. Por favor, não fique bravo porque eu ri.

— Não, Irmãozinho — respondeu o Homem do Remédio. — Meu pai sempre se agrada quando você chama seu nome, mesmo quando você brinca com ele.

Bastava mencionar o nome de seu pai, e o rosto do Homem do Remédio brilhava como os raios do sol; seus olhos ficavam cada vez mais cintilantes, como a luz das estrelas.

O Homem do Remédio se pôs de pé e sacudiu as migalhas de *tortilla* das calças. Willie Juan também se pôs de pé, bem calado, e ficou observando o homem começar a arrumar sua carroça e se preparar para seguir viagem.

— Não se esqueça da *amorina* hoje à noite, Irmãozinho. E, a propósito, obrigado pelo copo d'água que me deu na igreja de adobe. Nunca vou esquecer. Aquilo não ficará sem recompensa.

Willie Juan mal podia acreditar no que estava ouvindo. Então foi bom o que ele havia feito na igreja?

— Mas… mas o padre disse…

O Homem do Remédio piscou para Willie Juan.

— Ah, não se preocupe com ele. Concentre-se só em você.

Então subiu na carroça e, com um suave estalido para a égua, rumou em direção ao oeste, para longe da *fiesta* e da pequena cidade de Hopi.

Willie Juan seguiu a carroça até os limites da cidade e assistiu a seu novo amigo seguir para casa. Em seguida, o menino também foi para casa, correndo, saltando, pulando e dançando até chegar. Cantava também, ou, ao menos, tentava. Eram apenas alguns versos que Ana lhe havia ensinado enquanto alimentavam o *burro*. Não sabia o nome da canção, mas os versos eram cheios de alegria, exatamente como ele se sentia naquele momento:

"Viajei bem longe, sobre terra e mar.
Lindos lugares acabei por conhecer...
Ave, ave, ave Mar-i-a..."

Naquela noite, Willie Juan não conseguia parar de falar. Tomado de entusiasmo, contou para a avó sobre a *fiesta*: os desfiles, e a música vibrante, e as comidas deliciosas. Contou também que havia encontrado um novo amigo, embora não tenha dito muita coisa sobre esse amigo. Muito do que ocorrera naquele dia já era, em si, quase inacreditável.

Willie Juan jantou bem rápido, deu um beijo de boanoite na avó e foi para o seu cantinho, na choupana de adobe, fechando completamente a cortina. Estava ansioso para experimentar a *amorina*. Com certeza, a avó ficaria surpresa de ver que todas as suas cicatrizes tinham desaparecido e sua perna estava completamente sarada, não mais torta! Ajoelhou-se ao lado da cama e pegou o pequeno frasco transparente. Abriu-o lentamente, depois o virou com cuidado para aplicar uma pequena gota sobre o peito.

— Ai, como isso dói! — exclamou, surpreso, ao sentir que a *amorina* começava a queimar. No começo, a dor se limitava à pele, mas depois ele começou a senti-la mais profundamente, bem perto do coração. Willie Juan não havia percebido quão fundo os meninos e as meninas de sua vila o haviam ferido. Mas continuou a friccionar a *amorina* mesmo assim, porque era como o Homem do Remédio o instruíra. Ao fomentar a pele com ele, lembrou-se da dor de ser rejeitado, da humilhação de ser ridicularizado, da tristeza do abandono. Lentamente, as lágrimas jorraram e caíram à medida que Willie Juan começava cautelosamente a perdoar: seu pai, seus colegas de escola, os aldeães e até mesmo sua mãe. Primeiro, a dor do perdão quase o esmagou; as lembranças do abandono e da rejeição eram tão vívidas, a ferida ainda tão exposta e a dor, tão profunda. Mas, aos poucos, à medida que abria mão de tudo aquilo, Willie Juan começava a sentir a dor desaparecer, dando lugar a outras coisas, como a paz, que agora inundava seu coração. Ao perdoar, ele agora começava a esquecer, exatamente como o Homem do Remédio havia dito.

Mais que qualquer outra coisa, Willie Juan queria ver sua perna curada, mas a primeira gota não tinha exercido nenhum impacto sobre a perna. Por isso, decidiu aplicar imediatamente a próxima gota. Começou a abrir o frasco para que pudesse derramá-la. Foi quando, por causa do brilho do luar que invadia a janela, Willie Juan inclinou a cabeça e vislumbrou seu peito deformado e cheio de cicatrizes. Soltou então um gemido. As horrendas cicatrizes cintilavam à meia-luz, e ele estremeceu de repulsa. Depois ficou enfurecido. "Eu odeio você!", gritou para si mesmo. "Você não passa de um erro estúpido! Suas cicatrizes são horrorosas! Eu odeio você... odeio você!". Jogou-se sobre a cama e se encolheu todo, enrolando-se como uma pequena bola. Arremessou o frasco para longe.

Ainda pior que enxergar as cicatrizes de seu corpo era a angústia súbita da traição. O Homem do Remédio o havia enganado. Willie Juan aplicara a primeira gota da *amorina*, mas sua perna continuava torta, suas cicatrizes não tinham desaparecido, seu corpo ainda estava dilacerado e arruinado.

"Jamais deveria ter confiado em você, Homem do Remédio! Você é mesmo o que as pessoas disseram: um velho acabado vendendo mentiras em um frasco. É um impostor, uma mentira! Você mentiu para mim!", gritou. "Eu odeio você!"

Sentindo-se enganado, abandonado e sem amigos mais uma vez, Willie Juan começou a chorar tanto que todo o seu corpo estremeceu. Por fim, exaurido em suas forças físicas e emocionalmente esgotado, caiu em um sono agitado.

Na manhã seguinte, Willie Juan entrou na cozinha arrastando os pés. Sereno Poente embalava-se tranquilamente em sua cadeira. Olhou para ele com ternura.

— Venha sentar do meu lado, preciosa criança — murmurou. O garoto aninhou-se na cadeira ao lado da avó.

— Diga-me, por que você está tão triste?

Willie Juan sentiu que as palavras fluíam de sua boca como um rio caudaloso correndo em seu leito entre as margens, com vocábulos transbordando em uma torrente de dor. Ele falou do encontro com o Homem do Remédio na *fiesta*, sobre o fato de ser aquele o primeiro amigo que fizera e sobre o nome do pai do homem: *Aba*. Contou a Sereno Poente sobre o frasco de *amorina* e como, na noite anterior, a primeira gota havia falhado.

— Você disse *Aba*, meu Pequeno?

Com os olhos fechados, mas sorrindo, Sereno Poente permaneceu sentada, imóvel, por muito tempo. Então, colocou os braços em torno dos ombros de Willie Juan e disse:

— Você é luz para os meus olhos desvanecentes, meu Pequeno, e o amor do meu coração cansado. Quanto eu o amo? Somente Deus sabe quanto. Quero lhe fazer uma pergunta. Você sabe por que o Homem do Remédio, quando diante da carroça na *fiesta*, olhando para toda a multidão... você sabe por que ele fixou os olhos em você?

— Não, Vó.

— Foi porque, quando o viu, enxergou a si mesmo, Willie Juan... o Homem de Dores viu o Menino de Dores... ferido, rejeitado, sozinho e traído. Naquele mesmo instante, ele o compreendeu e leu a tristeza em seus olhos. Minha pequena criança, às vezes uma tristeza como a sua é a semente da coragem para ser um amigo dele. E suas cicatrizes? Ele disse alguma coisa sobre suas cicatrizes?

— Disse que eram lindas, Vó.

— Elas têm uma beleza da qual este mundo nada sabe, Willie Juan.

Relaxado nos braços da avó e reconfortado por suas palavras tranquilas, Willie Juan começou a bocejar, cansado da noite longa e irrequieta. A avó nem parecia perceber.

Willie Juan se encolheu todo a seu lado. Ainda não estava dormindo, mas ela deve ter pensado que sim. O menino ouviu quando a avó começou a rir disfarçadamente, mais para si mesma. "Ah, sua velha tola!", ela sussurrou. "Você até fez a criança dormir de tanto tédio! Talvez você não seja tão sábia no final das contas. Ó Senhor, tem misericórdia desta velha atrapalhada. Mostra-me, Aba, qual a melhor maneira de ajudar este pequeno."

Quando Willie Juan acordou algumas horas mais tarde, Sereno Poente tinha preparado um desjejum com *tortillas* quentes e feijão para o neto. Durante a refeição, a avó fez uma pausa, como se tivesse ouvido algo ou soubesse de algo.

— Willie Juan, escute-me com atenção agora — disse num misto de urgência e tranquilidade. — Você deve sair imediatamente daqui e ir à Caverna das Fúlgidas Trevas.

O menino arregalou os olhos.

— Vó, por que eu preciso ir lá? Você vai comigo?

— Estou muito velha para uma viagem dessas, Pequeno. E, além do mais, essa é uma viagem que você só pode fazer sozinho. Quando chegar à caverna, precisa permanecer lá até uma hora após o pôr do sol. Sente-se tranquilamente, pacientemente. Preste atenção ao silêncio. Fique atento à água, ao vento e ao fogo, e depois espere que a tempestade passe. Não é importante você entender tudo o que estou dizendo. Lembre-se: há algo mais importante que compreender. Você sabe o que é, Willie Juan?

— É o amor, Vó, como a senhora sempre me diz.

Willie Juan se lembrou das palavras do Homem do Remédio sobre amor e amizade. Ainda não podia compreender por que a *amorina* não havia curado sua perna. Parecia que o Homem do Remédio tinha simplesmente mentido para ele.

Sereno Poente ajudou Willie Juan a pôr na mochila uma *fajita* bem rechonchuda que havia sobrado do almoço com o Homem do Remédio, um cantil com água e uma lanterna. No último minuto, ela se lembrou da *amorina*.

— Rápido, Pequeno, corra e encontre seu frasco com o Remédio do Amor.

— Você acredita mesmo nesse remédio, Vó?

— Sim, Pequeno. Confie em mim. Vá correndo pegá-lo.

Willie Juan correu até seu cantinho da cabana e se enfiou debaixo da cama para encontrar o pequeno frasco que ele havia arremessado na noite anterior. Colocou-o apressadamente na mochila; só de ver o frasco, ele ficava indignado por dentro.

Sereno Poente ajudou o neto a enfiar os braços nas alças da mochila.

— Vá agora, Willie Juan. Tudo ficará bem.

Os olhos dela brilhavam de amor, e sua voz tinha tanta autoridade que o menino não hesitou. Ela marcou sua testa com o sinal da cruz e o abraçou com ternura. Ele partiu imediatamente.

Com a mochila presa aos ombros, Willie Juan foi escalando com dificuldade a ladeira que conduzia à íngreme subida até o topo da montanha. A Caverna das Fúlgidas Trevas havia se formado por erosão natural na face da montanha e se situava a uma elevação de 1.500 metros. Sereno Poente tinha dito a Willie Juan uma vez que a caverna tinha recebido esse nome depois que incontáveis peregrinos, por mais de três séculos, a utilizarem como lugar de retiro espiritual. Quem relatou suas experiências na caverna achou difícil descrevê-la, usando palavras como "iluminada" e "estremecedora". Sereno Poente havia feito um retiro lá uns sessenta anos antes; ela a descrevia como a densa e deslumbrante escuridão da pura confiança.

Willie Juan jamais pôde entender aquilo de que falavam os peregrinos. Sabia apenas que a Caverna das Fúlgidas Trevas era um lugar santo, talvez tão sagrado quanto a igreja da vila. E agora ele estava se tornando um peregrino também.

Depois de horas de caminhada, quando o sol começava a se pôr por trás dos altos picos do Sierra Padres, Willie Juan se esforçou para subir até a parte mais elevada. Diante dele agora, uma escadaria de pedra descia serpenteando desde o cume, dando numa saliência da montanha em frente à caverna. Fatigado pela longa escalada, com a perna rija já palpitante pelo muito esforço, o menino desceu lentamente os 28 degraus, estatelando-se numa mureta situada em frente à caverna. Tirou a mochila das costas, pegou o cantil, inclinou a cabeça para trás e bebeu sofregamente.

Enquanto contemplava o vale abaixo, deu-se conta, com certa dose de surpresa, de que nunca escalara assim tão alto antes. Sua dificuldade de caminhar geralmente o impedira de subir mais do que simples declives suaves nas proximidades da vila, a não ser numa ocasião que agora voltava a sua lembrança. No verão anterior, seu colega de classe Antônio o havia desafiado a escalar uma montanha até seu estreito cume. Willie Juan aceitou o desafio e começou a subir. Estava se saindo muito bem, quando enfiou o pé bom em uma rocha solta que rolou e o fez despencar ladeira abaixo. As pedras pontiagudas abriram rasgos em suas calças e lhe deixaram os joelhos e cotovelos ardendo de dor. Suas mãos ficaram retalhadas com pequenos cortes; onde quer que ele tocasse a roupa, as feridas a manchavam de sangue. Lembrou-se de como foi difícil enxergar alguma coisa em meio às lágrimas e da forma que Antônio havia rido e caçoado dele. Lembrou-se também de como Sereno Poente tinha remendado suas calças com retalhos quadrados, vermelhos e amarelos bem vivos; cores de amor, sem dúvida, mas também cores que chamavam a atenção e convidavam Antônio e as outras crianças à gozação.

Depois de passada a lembrança dolorosa, Willie Juan ficou de pé e entrou na caverna.

Sereno Poente tinha dito que a caverna era sempre agradavelmente fresca no interior, mesmo no dia mais quente de verão ou no dia mais frio de inverno. No interior da caverna, Willie Juan olhou ao redor. Uma laje de pedra quase a meio da caverna, mais para o fundo, parecia servir de cama, com alguns sacos de juta que poderiam ser usados como colchão e cobertores. Sobre um canto, havia um lampião de querosene, uma cadeira bem frágil e uma velha mesa de carvalho. Uma recâmara na outra extremidade parecia uma minúscula capela. Tinha um altar de pedra e um minúsculo tabernáculo feito de ferro batido, entrelaçado com um veludo vermelho. Um crucifixo bem alto se achava por trás do altar. Afora esses objetos, a caverna não tinha nenhuma outra decoração.

Willie Juan manquejou até a laje de pedra, subiu nela e se cobriu com dois dos sacos de juta. A árdua escalada tinha consumido todas as suas forças. Dentro de minutos, caiu num sono profundo.

Não muito depois, foi acordado de sobressalto por um som ensurdecedor como o estampido agudo de um rifle. Eram, por sinal, trovoadas estrepitosas acompanhadas de um vento uivante e de uma chuva impiedosa que despencava com força do céu. Fascinado, Willie Juan deslizou da laje e se pôs na boca da caverna. De repente, um feroz raio de relâmpago golpeou os arbustos e as flores silvestres a uns noventa metros dali, ateando fogo nessas plantas. A fúria selvagem da tempestade com a força de um furacão ia de encontro à montanha com uma intensidade implacável. Boquiaberto de espanto e protegido pela caverna, Willie Juan olhava fixamente para toda aquela agitação. Pasmado pelo espetáculo cósmico, simplesmente não percebeu que não tinha sentido nenhuma ponta de medo.

Depois, como que por uma ordem austera de uma grande autoridade, a tempestade cessou abruptamente. O silêncio cobriu o Sierra Padres. A quietude era tão palpável que Willie Juan se sentiu tornando-se tão silencioso quanto o vale adiante dele, penetrando uma região em seu íntimo que ele nunca tinha visitado antes, um lugar de total tranquilidade interior.

Da tranquilidade veio o sussurro de uma voz:

— Willie Juan.

Assustado demais para responder, o menino olhou ao redor para ver quem estava falando.

— Willie Juan — de novo o sussurro.

— S-sim? Eu estou aqui. Eu sou Willie Juan. Quem é você?

— Para a maioria das pessoas, sou conhecido como o Consolador, Willie Juan. Mas me chamam assim pelas razões erradas e se surpreendem quando o "consolo" não chega. Não toleram de modo algum o mistério, seguros que estão de que podem saber tudo o que é sabível. Mas eu me acho além do saber de todos eles. Dou a conhecer minha presença na água, no vento, no fogo e nos sussurros. Não tenho forma nem rosto. Eu sou Espírito.

Willie Juan sentou-se e permaneceu bem calmo e calado. Inclinando a cabeça, escutava atentamente.

— Você é corajoso, Willie Juan — continuou a voz. — Viajou sozinho até o topo desta montanha isolada de tudo e de todos, numa trilha aterradora. Nenhum dos outros meninos fez isso. É mais forte que Antônio, que caçoou de você quando você caiu na trilha; mais corajoso que Tino, que o despejou sobre o espinheiro; mais valente que seus amigos cabeças de vento que soltaram a corda no cabo de guerra. Sua viagem começou com uma promessa, Pequeno Amigo, mas poderia terminar em fracasso, a menos que você fosse destemido o suficiente para arriscar dar o próximo passo.

— Veja, Willie Juan, o Maligno o estudou e descobriu em que ponto você é mais vulnerável. Ele usou seus sentimentos ruins sobre sua perna e suas cicatrizes para tentá-lo a se odiar; está tentando roubar a alegria de sua vida. Mas isso não precisa acontecer, se você puder aceitar o que está por vir, mesmo que seja desconhecido. Pode ser perigoso, porque você precisará abrir mão de tudo aquilo a que tem se agarrado na vida. Sentirá como se estivesse perdendo o controle, e desaparecerá a ilusão de estar no controle do próprio futuro, de ser o senhor de seu destino.

Pela primeira vez na vida, você compreenderá quanto é amado. É arriscado, sem dúvida, mas isso o levará à estrada da liberdade. Você tem coragem, Pequeno?

— Hã, hã... o que está por vir? — Willie Juan perguntou timidamente, apertando bem as mãos.

— Confie. Confie que tudo o que lhe aconteceu o trouxe a este momento: o acidente de carro, a morte da sua mãe, sua perna, mesmo suas cicatrizes. E confie que a boa obra que foi iniciada dentro de você será finalizada. Mas é como andar no escuro, Willie Juan. Você está pronto?

O garoto pensou sobre as palavras da voz. Não entendia tudo o que tinha ouvido, mas lembrava das palavras de sua avó: "Há algo mais importante que compreender". Ele sabia que esse algo era amor; talvez amor e confiança fossem quase a mesma coisa.

— Sim, estou pronto — disse. — Eu... eu estou.

Nesse momento, a voz disse:

— Você tem o coração de sua avó, Willie Juan.

E com essas palavras o Espírito o invadiu como o rio que corria sobre as rochas nos arredores da vila: de forma suave, mas forte. A força era tanta que projetou Willie Juan para trás, e a cadeira em que estava sentado desmontou completamente. Aturdido, ele se arrastou, tentando sair de sobre os pedaços quebrados da cadeira, e começou a se erguer, quando ouviu a voz outra vez.

— Fique tranquilo, Willie Juan, e escute atentamente. Aquela cadeira, que estava em perigo de desmontar, é como a velha vida que você levava, uma vida sem confiança. Acabou de se fragmentar em pedacinhos — disse a voz. — Agora, recoste-se no chão e pense sobre sua avó. Aquele cujo amor é até maior do que o dela deseja estar com você.

Com uma confiança cega que o surpreendeu, Willie Juan deitou-se no chão da caverna e lembrou-se dos momentos sagrados passados com a avó, de como ela se orgulhara dele quando retornou de seu primeiro dia de escola... de como sofrera a dor de ver os outros meninos maltratá-lo... de como ela sorria quando ele a beijava no rosto... de como era amável quando ele ficava triste e amuado, esquecendo-se de fazer suas tarefas na casa... de como o amor dela nunca havia mudado apesar da aparência engraçada dele, ou da rabugice, ou ainda das coisas que ele fazia. Lembrou-se de como os olhos de Sereno Poente haviam cintilado de amor e confiança quando ele se preparou para ir à Caverna das Fúlgidas Trevas. Ele não sabia muitas coisas; afinal de contas, não passava de um menino, mas de uma coisa estava certo: sua avó o amava.

De repente, o devaneio de Willie Juan foi interrompido pelo som de passos na escadaria de pedra. Olhou para cima. Uma figura alta e esguia preencheu a boca da caverna.

— Normalmente, tenho por hábito me pôr junto à porta e bater — ele disse piscando para Willie Juan. — Mas como você não tem porta... posso entrar?

Os olhos de Willie Juan se arregalaram, e ele ficou totalmente boquiaberto, com o coração acelerado.

— Homem do Remédio! — falou de modo ofegante, levantando de um salto e correndo na direção dele. Tinha uma confusão de sentimentos dentro do peito: a felicidade de reencontrar seu amigo; as lembranças dolorosas de desistir da *amorina* e de chamar o Homem do Remédio de impostor; o medo de que o Homem do Remédio ficasse sabendo de seu acesso de raiva e percebesse que Willie Juan havia traído a amizade deles.

Mal podendo respirar, Willie Juan olhou fixamente para o rosto sorridente do Homem do Remédio. Seu rosto era mais bonito que um céu cheio de estrelas, e um pôr do sol radiante em Hopi, e os olhos cintilantes de sua avó todos juntos.

— Você foi visitado pelo Consolador — disse o Homem do Remédio. — Ele me conhece de uma maneira que nenhum ser humano jamais será capaz de me conhecer. Ele lhe ensinou que a confiança incondicional é o selo da amizade. A confiança não se acha às margens da amizade, mas em seu coração, no centro; você precisa aprender a confiar em mim incondicionalmente. A confiança é a chave que abre a porta para o amor, Willie Juan.

O Homem do Remédio sorriu, mas foi ficando cada vez mais sério à medida que olhava nos olhos de Willie Juan.

— Vim saber se as gotas da *amorina* estão funcionando. Diga o que aconteceu até agora⸮

Willie Juan empalideceu.

— Ontem, eu disse coisas muito ruins sobre você, *señor*. Não confiei em você. Eu o chamei de falso e mentiroso. Estava tão furioso com você; eu disse que o odiava.

Inclinou os olhos e secou as lágrimas que tinham começado a rolar.

O Homem do Remédio deu alguns passos na direção de Willie Juan e dissipou assim suas preocupações.

— Calma, calma, não diga nada, Pequeno Amigo. Você acreditaria se lhe dissesse que já me chamaram de coisas muito piores? Alguns de meus velhos adversários me chamaram de "bêbado" e "glutão". Irmãozinho, você foi perdoado antes de pedir. Agora aceite esse perdão e fique em paz. Não se puna mais.

— Sabe, existe um velho provérbio que diz que os amigos devem comer um quilo de sal juntos — ele prosseguiu — antes de se conhecerem de verdade. O meu velho amigo Pedro recebeu o apelido de "Pedra", mas me traiu na hora da prova. Mas, Willie Juan, nossa amizade ficou ainda mais forte. O verdadeiro amor sobrevive à traição e aprofunda a confiança.

Naquele momento, perdoado e livre, redimido do poder corrosivo da falta de confiança, Willie Juan sentiu-se aquecido, como se tivesse acabado de receber o sol de presente. Tudo o que ele conseguiu dizer foi:

— Quer rachar minha *fajita* comigo?

O Homem do Remédio riu e acenou que sim com a cabeça.

Willie Juan correu até a mochila para pegá-la. Procurando a *fajita*, esborrachou-se no chão, de pernas cruzadas, ao lado do Homem do Remédio. Dividiu a *fajita* com todo o cuidado, dando metade para o Homem do Remédio, que comeu com grande prazer. Aliás, o Homem do Remédio atacou a comida com tanto gosto, sem pensar em mais nada, lambendo os dedos e estalando os lábios, que Willie Juan ficou só olhando, espantado.

Percebendo que Willie Juan olhava absorto para ele, o Homem do Remédio disse:

— Quando você chegar ao céu, Amiguinho, que é onde eu vivo, Aba não vai lhe perguntar quantas orações você fez ou quantas almas você salvou. Nada disso. Ele vai querer saber: "Você saboreou a *fajita*?". Ele quer que você viva com paixão, desfrutando a beleza do momento, aceitando e apreciando seus presentes.

Tomando um gole do cantil, Willie Juan olhou para os olhos tristes, meigos, bonitos do homem e perguntou:

— Agora sei que você é aquele que minha avó chama de Homem de Dores. Mas por que você não chegou na vila com trombetas e anjos? Você veio em uma carroça.

— Não é meu desejo amedrontar, Willie Juan. Se viesse demonstrando toda a glória de Aba, você teria medo de se aproximar de mim e de confiar; e, ainda por cima, você nem suportaria. Além disso, o mais surpreendente não é o fato de Aba ser grande, mas de ele se tornar pequeno, como você, Willie Juan.

— Irmãozinho, o desejo mais profundo de meu coração é ser conhecido, amado e desejado como realmente sou. Algumas pessoas me moldaram a sua própria imagem e se referem a mim em grande estilo como o "Ser Supremo". Preferem essas palavras a "Homem de Dores". Na verdade, não querem se associar a alguém que tenha sido cuspido e ridicularizado. Preferem não seguir alguém que tenha comido com criminosos e rejeitados. Para eles, minhas cicatrizes são marcas de vergonha, e não o testemunho do amor. São amigos apenas nas horas boas; você sabe bem do que estou falando, Willie Juan. Não querem o verdadeiro eu, mas é tudo o que tenho para lhes dar.

Estranhamente consolado, Willie Juan procurou bem no fundo da mochila pelo frasco de *amorina*. Ele o segurou com o braço estendido e perguntou:

— Grande Homem de Dores, você poderia colocar a segunda gota no meu coração? Não tenho certeza de que eu mesmo seja capaz de fazê-lo.

— Não, não posso, Irmãozinho — respondeu o Homem do Remédio, e Willie Juan se sentiu envergonhado do pedido que havia feito. Mas o Homem do Remédio deu um sorriso compassivo que acalmou a tensão do menino.

— Eu o dei a você porque sei que você tem condições de usá-lo sozinho; faz parte da confiança de que o Espírito lhe falou. Pode ser uma surpresa para você, mas acredito mais em você do que você acredita em mim. Você é singular, Pequeno Amigo. Você é lindo porque reflete minha beleza de uma maneira que o mundo nunca viu antes e nunca verá outra vez. — Então fez uma pequena pausa. — Confie em mim, Willie Juan. Eu lhe dei a *amorina*; agora você pode aplicá-la. Eu acredito em você.

Após ouvir essas palavras, Willie Juan aplicou outra gota do remédio. Quando a gota começou a penetrar sua pele, ele sentiu que havia mais espaço em seu coração. Não entendia como; apenas sabia que havia. E parecia limpo. Como o amor.

Willie Juan tinha hesitado um pouco em se aproximar demais do Homem de Dores. Era como se houvesse tantas outras coisas que o impediam. Mas agora havia espaço. Quando correu para ele, o Homem de Dores escancarou os braços e o acolheu em seu abraço. Eram braços fortes e seguros.

— *Señor*, por favor, não me deixe. Por favor, diga que não partirá. Você disse uma vez que não tenho uma memória tão boa e talvez não tenha, mas com certeza me lembro de uma coisa que o senhor me disse que significou muito para mim: "Eu o amo, meu amigo". Mesmo que estivesse apenas brincando sobre minha perna e minhas cicatrizes, não me importo. Eu ficaria feliz de permanecer exatamente como sou, desde que você ficasse e não fosse embora. Por favor, não vá.

Enquanto falava, Willie Juan sentiu a *amorina* penetrar seu coração, depois voltar e percorrer todo o seu corpo. Sabia que, daquele momento em diante, sua vida nunca mais seria a mesma.

Willie Juan agarrou-se ao Homem do Remédio como se sua vida dependesse disso; de certa forma, era nisso que ele acreditava naquele momento. A voz do menino foi se embargando de tamanha aflição.

— Nunca disse isso a ninguém antes: eu o amo, meu amigo. Como eu o amo!

Com um suspiro que parecia brotar das profundezas de seu coração, o Homem do Remédio disse:

— Willie Juan, não se preocupe. Sempre estarei com você. Eu me faço presente de muitas maneiras diferentes, mas o que importa é que sempre estou presente. Às vezes você verá, às vezes não. Mas, toda vez que orar "Aba, eu pertenço a ti", eu estarei em seu coração orando a Aba com você.

— Ah, só mais uma coisa, Willie Juan — acrescentou. — Antes de você descer a montanha de volta para casa, vá até a parte de trás da caverna e sente-se na capela por um instante. Confie em mim.

— Sim, *señor*.

O Homem do Remédio abraçou o menino com grande afeição, abençoou-o mais uma vez com sua paz e partiu tão repentinamente quanto tinha chegado.

Seguindo as instruções recebidas, Willie Juan virou-se e seguiu em direção à parte de trás, onde havia uma capela. Entrou no recinto silencioso perguntando-se como seria possível experimentar algo mais. Parou por um momento, dando um tempo para adaptar os olhos à pouca luz, e então foi deslizando lentamente até se sentar no chão.

Olhou para o altar, levantando os olhos e erguendo os braços em direção ao crucifixo, em sinal de gratidão — e mal podia acreditar no que estava vendo. No torso do crucificado, estavam as marcas das cicatrizes de Willie Juan. Seu rosto ficou coberto de lágrimas. E a perna direita sem vida do crucificado se havia despregado do cravo que a prendia e ficara suspensa no ar.

Pela primeira vez, que se lembrasse, Willie Juan conseguia se apoiar sobre a perna direita em posição ereta. E as cicatrizes? Sumiram todas, exceto uma no queixo. O menino ficou espantado; o amor do Homem de Dores era mais forte do que jamais imaginara. Chorou copiosamente, clamando num sussurro:

— Aba, Aba, Aba.

E, à medida que as lágrimas rolavam em seu rosto, descendo pela camisa, elas ardiam com uma sensação estranhamente aprazível. Willie Juan se arrepiou à medida que uma profunda alegria tomava conta dele, trazendo tanto calor e força que parecia até que o peito ia com certeza explodir. Ao abrir a boca, a alegria traduziu-se nas linhas simples da canção que Ana lhe ensinara:

Ave, ave, ave Ma-ri-a,
Ave, ave, ave Maria…

Willie Juan nem teve tempo de sentir a tristeza do adeus. Apressadamente, pegou sua mochila, seu cantil e a lanterna e começou a descer a montanha. Uma hora depois, de lanterna na mão, chegou em casa sussurrando:

— Aba, eu pertenço a ti — e correu para os braços da avó. Não demorou muito e Willie Juan já tinha pegado no sono.

Na manhã seguinte, já havia corrido por toda a vila de Hopi o boato de que o pequeno Willie Juan tinha feito a perigosa viagem até a Caverna das Fúlgidas Trevas, e sozinho. Muitas pessoas se juntaram na frente de sua casa. O padre foi empurrando a multidão até chegar mais perto, entrou na casa e confrontou Sereno Poente:

— Meu Pai!! — disse. — O que aconteceu com a perna e com as cicatrizes de Willie Juan? Não posso compreender.

Sereno Poente olhou para Willie Juan e piscou.

— Há algo mais importante que compreender, padre.

— Bem, não sei o que poderia ser isso.

Willie Juan ficou de pé, bem alto, sobre sua perna direita não mais torta e passou a mão na cicatriz que ficara ainda sobre o queixo.

— Eu sei, padre. Confie em mim.

meio-dia

*"Tente não se esquecer", disse o
Homem do Remédio. "É muito importante lembrar."*

Um dos impedimentos à vida espiritual é a amnésia. E foi exatamente o que aconteceu com Willie Juan com o passar dos anos. A vila de Hopi também se esqueceu dos milagres na vida de Willie Juan. Não que fosse algo necessariamente intencional; é que simplesmente havia outros assuntos que ocupavam lugar de maior importância na lembrança do vilarejo. As crianças que conviveram com ele cresceram e passaram por mudanças na vida: Tino, Ana e os outros. A bomba de água da vila foi reparada, e assim não mais havia necessidade de Willie Juan e Ana alimentarem Pedro e lhe darem água. As experiências com o Homem de Dores e com a Caverna das Fúlgidas Trevas foram desvanecendo na mente de Willie Juan. Ah, ele guardava as recordações, mas a vida as relegava a segundo plano, diluindo-as de certo modo.

Ele cursou todo o ensino fundamental sem grande destaque. Suas notas ficavam todas dentro da média. Embora estudasse sempre com afinco, simplesmente não parecia conseguir se lembrar do que lia, principalmente das longas questões das aulas de religião. Tentou os esportes, mas não tinha coordenação; os anos andando com uma perna coxa tinham feito que perdesse o equilíbrio, mesmo depois de ter a perna restaurada. Fez uma audição para a pequena orquestra da escola, esperando tocar o trompete, mas o diretor disse: "Nem todos nasceram para tocar". Fracassou até mesmo como coroinha, porque tocava o sino quando devia ter levado o livro, e tinha a tendência de gritar "Aleluia" toda vez que lhe parecia ser a coisa certa a fazer. Para arrematar, um dia seus olhos começaram a lacrimejar e pareciam piorar a cada dia que passava.

Por isso, uma das melhores partes do dia para Willie Juan era quando soava o último sinal da tarde na escola. Ele estava sempre pronto e esperando para ser liberado para fazer o que quisesse. E sempre podia ser encontrado do lado de fora da casa da avó, fazendo entalhes com seu canivete. O instrumento tinha pertencido a seu pai; Sereno Poente lhe presenteara com ele em um de seus aniversários. Willie Juan não sabia fazer muita coisa com livros e lápis, mas descobriu que tinha um talento especial para esculpir em madeira. Um tronco feio ou um pedaço de madeira ganhavam forma, contorno e definição sob a mágica da lâmina em suas mãos longas e fortes.

Os vizinhos muitas vezes ficavam impressionados com sua habilidade. Experimentando certa amnésia em relação ao passado milagroso de Willie Juan, os moradores da cidade não esperavam nada assim dele.

Mas sua avó nunca se esqueceu. Elogiava Willie Juan por seu talento, mas nunca ficava surpresa com ele. No tempo certo, com o incentivo de Sereno Poente, Willie Juan foi para uma escola técnica estudar escultura e entalhe. Não demorou muito e o jovem observou que até mesmo seu professor começava a aprender com ele.

Certa vez, ele trabalhou por três semanas, entalhando uma peça morta de madeira e fazendo dela um presente para sua avó. Esculpiu o rosto do grande Homem de Dores. Quando lhe entregou o presente, ela olhou fixamente e maravilhada, com os olhos cheios de lágrimas.

— Willie Juan — disse — ele quase parece vivo.

— Ele está, Vó.

— E por que está sorrindo? — perguntou.

— Só porque é o Homem de Dores não significa que esteja sempre triste — disse Willie Juan. — Ele sorri muito e acena com os olhos. Às vezes, joga a cabeça para trás e ri até não poder mais, e me faz rir também. Pelo menos é o máximo que posso lembrar.

Em Hopi, era escasso o dinheiro para as necessidades da vida. Chegava uma hora em que as reservas simplesmente acabavam. As chuvas torrenciais destruíam as colheitas de soja, e se instaurava uma situação alarmante de desemprego. Depois de se formar na escola de escultura em madeira, embora a avó fizesse muito caso do assunto, Willie Juan disse a ela que tinha de sair da cidade para encontrar trabalho, mas voltaria em alguns meses com dinheiro.

Ele atravessou o rio Laredo sob a cobertura da escuridão, despistou a ronda da fronteira e seguiu em direção à casa de um trabalhador migrante de Hopi que agora estava vivendo na cidade grande. Os trabalhadores migrantes deram-lhe as boas-vindas e lhe conseguiram um trabalho humilde no *barrio*.

Willie Juan continuou esculpindo em madeira e, assim como em Hopi, rapidamente atraiu as atenções. Um comerciante se ofereceu para vender as peças do rapaz em sua loja. Um dia, um turista rico notou a escultura de um pequeno cordeiro em meio às peças.

— Impressionante — exclamou. — Quem é o artista?

De repente, Willie Juan se viu transportado para Santa Fé, no Novo México, onde ficou em uma mansão e foi contratado para esculpir um busto de José Antônio Luís, um milionário de inclinações estéticas e patrono das artes. Uma tarde, em uma fabulosa festa ao ar livre, no jardim, organizada para a aristocracia de Santa Fé, o busto foi mostrado a todos, após alguém retirar o véu que o cobria. A multidão ficou sem fala. Por fim, alguém falou, deslumbrado:

— Milagroso! Impressionante! Parece estar vivo! Quem é o artista?

Não demorou muito e Willie Juan se viu cheio de pedidos, junto com milhares e milhares de dólares. Comprou uma casa em Santa Fé e cuidou dos detalhes para que a avó pudesse visitá-lo com frequência. Fez amizade com os vizinhos e não costumava faltar à catedral. Também começou a se consultar com um oftalmologista com regularidade; seus olhos lacrimejantes só pioravam.

Um domingo, na missa, o sacerdote falou sobre o amor de Deus por *los pobres*. Destacou que quem tinha muito precisava dar muito. Willie Juan foi tão tocado pela mensagem que deixou a igreja e foi diretamente para o *barrio*, decidido a distribuir muito dinheiro. Parou em uma esquina onde viu uma jovem vendendo frutas e doces. Ao se aproximar, ouviu-a cantarolando, lábios fechados, uma melodia que lhe pareceu bem conhecida. Mas a melodia foi logo ofuscada por sua presença física. Willie Juan não conseguia fazer mais nada senão parar e observar. Era esbelta, usava um vestido simples e tinha uma pele que reluzia como o mel. Mas a parte que atraiu Willie Juan completamente foi seu rosto. Os olhos eram de um castanho intenso; seu nariz era bem modelado; o sorriso e o semblante da jovem eram radiantemente belos.

Naquele exato momento, um cliente branco e obeso, com sotaque inglês, com um brinco de rubi na orelha direita e uma nota de cinquenta dólares na mão, aproximou-se e disse à menina:

— Sussurre algo sujo em meu ouvido e esses cinquenta serão seus.

Ela abaixou os olhos e disse ternamente:

— Não, senhor, jamais faria isso.

O homem bufou, gritou obscenidades para ela e disparou como um raio.

— Linda! — Willie Juan sussurrou para si mesmo, profundamente movido por uma inocência que pensava não mais existir. Encontrou coragem para falar com ela e tinha esperança de que logo encontraria as palavras. A menos de três passos de distância dela, ela se virou para outra direção e começou a cantarolar mais uma vez.

— Desculpe-me, mas posso saber seu nome?

A menina se virou e encontrou os olhos de Willie Juan. Em seguida, abriu um sorriso.

— Willie Juan?

E, de repente, Willie Juan conseguiu relacionar a melodia e o rosto a um nome.

— Ana?

— Sim, sou eu.

Willie Juan ficou fora de si.

— O que está fazendo aqui, Ana?

Nos poucos momentos seguintes, tentaram se atualizar, comprimindo em poucos instantes um grande lapso de tempo. Ana explicou que, depois que a mãe havia morrido, ela, Tino e o pai se mudaram para muitos lugares desde seus dias em Hopi. Seu pai tinha trabalhado perto de Santa Fé por um tempo, e eles moraram com uma das irmãs dele. Mas o pai adoeceu e veio a falecer rapidamente. Tino havia se mudado de volta para Hopi, mas ela permanecera.

Willie Juan comprou todas as frutas e doces que ela estava vendendo e perguntou se podia acompanhá-la até sua casa.

— Sim, pode. Não é muito longe.

Quando chegaram à casa dela, Willie Juan mal pôde acreditar na pobreza opressiva e na miséria de cortar o coração que ali encontrou. O pequeno casebre frágil, como que de papelão, a que ela chamava de casa, mal tinha 2,5 metros de comprimento, mas era colorido e iluminado, e impecavelmente limpo. Estava ocupado por várias crianças pequenas que não pareciam ter para onde ir.

Willie Juan ficou comovido com Ana — era mais que "bonita", porque ele já tinha visto meninas bonitas antes e elas não brilhavam como ela. A única palavra que parecia se encaixar bem para sua amiga de infância era, outra vez, linda, porque a pura beleza parecia irradiar de sua alma. Ela penetrou o coração aberto dele e o aqueceu de dentro para fora.

Willie Juan pensou: "Estou apaixonado". Lembrou-se daquelas tardes da infância quando deixava que Ana o ajudasse a alimentar o *burro* Pedro. Sempre apreciara de verdade aqueles momentos; eram lembranças felizes. Agora começava a ver que Ana tinha sido uma amiga para ele quando não contava com mais ninguém. Uma linda amiga.

Em seu segundo encontro, Willie Juan convidou Ana para sua casa, para uma visita luxuosa na parte da tarde, mas ela recusou. Ele não conseguia compreender por que alguém rejeitaria um conforto assim. "Talvez seja cedo demais", pensou. "Quando me conhecer melhor, concordará em visitar minha casa."

Ana e Willie Juan se viram todos os dias durante semanas. Todas as tardes, ele comprava as frutas e os doces que Ana tinha para vender para que pudesse tirá-la das ruas por um instante. Faziam longas caminhadas e se sentavam às margens do rio. Willie Juan sempre trazia um pedaço de madeira nas mãos, e aos poucos esculpia uma imagem do rosto fulgente de Ana. Ana disse um dia a Willie Juan que estava impressionada com seu talento, mais ainda, porém, pelo fato de que ele parecia realmente enxergá-la.

Todas as noites, ela pedia que ele a levasse de volta para sua casa provisória no *barrio*; assim, ela poderia cuidar de todas as crianças que apareciam à tardinha. Eram órfãos ou abandonados, e eram sempre bem-vindos. Ana abria espaço para quantas crianças ali chegassem; dava-lhes de comer conforme suas possibilidades, jamais mandando nenhuma embora. Enquanto as crianças comiam, Ana se punha a trabalhar, remendando roupas puídas ou cerzindo meias furadas. Havia alguns furos que Ana simplesmente não conseguia cerzir, mas isso não a impedia de tentar. Willie Juan ficava muito impressionado com a generosidade de Ana — o espírito doador que ela demonstrava o fazia lembrar-se de sua avó.

No caminho de volta para casa todas as noites, eles paravam no mercado, e Willie Juan comprava mais comida para a noite do que Ana teria condições de comprar para o mês inteiro. Juntos, levavam os alimentos para a casa de Ana e depois as crianças mais velhas ajudavam a preparar a refeição da noite para todos; todos menos Willie Juan. Ele sempre partia depois de ajudar a carregar para dentro as cestas de alimento. É que simplesmente não conseguia permanecer naquele lugar triste mais do que o necessário. E partia seu coração ver Ana vivendo ali. Apenas não conseguia compreender. Willie Juan fez um voto a si mesmo: "Um dia tirarei Ana dessa pobreza".

Em certa ocasião, contou para a avó sobre seu relacionamento com Ana, e ela ficou entusiasmada.

— Você nunca soube disso, Willie Juan, mas ela gostava de você quando menino. Não acha mesmo que ela gostava tanto assim do *burro* Pedro, não é mesmo?

— Não sei — ele respondeu, dando um leve sorriso.

— Pedro era um pouco fedorento. — Ambos riram.

— Traga-a um dia para me ver, por favor.

— *Sí*, Vó.

Na noite seguinte, Willie Juan percorreu as margens do rio de mãos dadas com Ana. Enquanto caminhavam, ela lhe disse que admirava sua amabilidade, honestidade e praticidade. Quebrantado por sua ternura, Willie Juan percebeu pela maneira que ela olhava para ele que sua avó estava certa: ela sempre gostou e continuava gostando dele. De repente, Willie Juan parou:

— Ana, eu a amo de todo o meu coração, e peço que se case comigo. Vou tirá-la do *barrio* para viver na minha casa espaçosa no alto da montanha, onde você terá água corrente, um jardim florido e uma banheira.

— Ah, Willie Juanito — disse, usando o nome carinhoso com o qual costumava chamá-lo. — Eu o amo também, e me sinto tão honrada com o fato de você querer que eu seja sua. Mas eu jamais poderia deixar o *barrio*. Meu coração está com meu povo.

Willie Juan ficou boquiaberto.

— O quê? Não entendo! Você quer dizer que para eu casar com você preciso viver como você, em uma pequena choupana franzina, sem água e sem banheira? Trabalhei tanto para fugir de tudo isso!

Os olhos dela diziam tudo.

— Sinto muito, Willie Juanito. Sei que não compreende, mas talvez não tenha de compreender para me amar.

Willie Juan sabia que tinha ouvido algo parecido anos antes, mas não conseguia lembrar quem o havia dito. Foi para casa aquela noite ferido por dentro e fez um voto: "Se Ana não vier comigo, nunca mais voltarei lá. Nunca".

Sempre agarrado à escultura de madeira de Ana, ainda por concluir, Willie Juan vagueou infeliz pela casa durante semanas. Sua vista só piorava, mas pensava que fosse por ter chorado tanto. Sua avó tentava consolá-lo, mas nada que ela dissesse ou fizesse servia de ajuda.

Então, em uma tarde, alguém bateu à porta. Era a tia de Ana, Isabel. Contou a Willie Juan que Ana tinha sido morta num atropelamento. Ela já havia morrido quando a ambulância chegou.

Willie Juan afundou-se no chão, uma vez que suas pernas afrouxaram. Foi tomado de uma indignação profunda. Gritou: "Aba, onde estás? Por que não protegeste Ana? Por quê?".

Assolado pela dor, arrastou-se para a missa fúnebre e depois para o cemitério. Caía uma suave chuva. Sua vista se deteriorava rapidamente. Então, o sacerdote leu para ele a epígrafe na lápide de Ana. "Aqui jaz Ana Wim, a pequena de Deus."

— Ana Wim? O último nome de Ana era Gonzales. Não compreendo. — Willie Juan estava totalmente confuso.

— Todos a conhecíamos como Ana Wim. Era o nome pelo qual era conhecida aqui.

Quando o sacerdote explicou a tradição na Bíblia dos *anawin*, a longa linhagem dos pequenos de Israel que amavam os pobres e a pobreza e tinham uma confiança incessante em Deus, Willie Juan sentiu-se tomado pela culpa e ficou ainda mais pesaroso. Em casa, estava inconsolável.

Infelizmente, sua avó teve de voltar de repente para Hopi porque sua melhor amiga estava muito doente.

Willie Juan sabia que sua avó estava fazendo o que era certo. E, além disso, pensou, na verdade não importava se ela estava em casa com ele ou não. Estava agradecido pelas tentativas dela de consolá-lo, mas nada tinha o poder de aliviar o peso da morte.

Para arrematar, ele agora mal podia enxergar. Quando pegou nas mãos a escultura de madeira do rosto de Ana, tudo o que podia fazer era imaginar. Onde antes aflorava a beleza, agora ele via somente um borrão. Primeiro, perdera sua amada Ana, e agora sua visão.

Sozinho e solitário, com o coração a ponto de se partir de tanta dor, Willie Juan tropeçava pela casa batendo em cadeiras e mesas. Duas semanas após a morte de Ana, ficou totalmente cego. Os médicos usavam nomes difíceis como "deterioração progressiva da retina". Para Willie Juan, ele tinha sido abandonado.

Desde que havia chegado a Santa Fé, a lembrança de Willie Juan a respeito do Homem do Remédio pouco a pouco foi se apagando e ficando cada vez mais distante, muito antes de começar a perder a visão. Tinha sido atraído pela carreira, pelo romance, pelo reconhecimento, pela prosperidade e por um banho quente de banheira todos os dias; a percepção de Aba e do Homem de Dores simplesmente não encontrava mais espaço em sua vida. Agora, sem todas essas coisas, encontrava tempo para Aba, mas faltava-lhe o desejo. Foi ficando cada vez mais exigente: "Onde você estava quando aquele motorista atropelou minha Ana¿ Onde você estava¿ E onde está agora que não enxergo mais¿ Há muito tempo você me disse que era meu amigo. Eu pensei que fosse seu. Tudo não deve ter passado de uma mentira".

Com muitas perguntas, mas sem encontrar respostas, ele se voltou para a tequila. A bebida amortecia a dor; não a eliminava, mas ao menos ela não era agora tão pungente. Tropeçava pela casa com sua bengala, bêbado a maior parte do tempo, recusando-se a atender à porta ou ao telefone. A culpa e a vergonha que sentia por causa de Ana, por preferir o conforto e as coisas agradáveis a seu amor, eram quase mais do que conseguia suportar. Como pôde ter sido tão cego¿

Quando escolheu não se casar nem morar com Ana, não pensou sobre as palavras do Homem de Dores, sobre como, por meio da misericórdia de Deus, é possível amar totalmente sem compreender por completo. Aquelas palavras poderiam ter lançado luz nas trevas de Willie Juan também, mas agora não se lembrava de nenhuma delas.

A depressão se seguia à euforia da tequila. Willie Juan a princípio acreditava que a escuridão não poderia ficar mais negra. Mas estava errado. Nas trevas da cegueira total, certa noite, quando o poço de depressão estava mais profundo e mais escuro do que nunca, ele fez o que deve ter sido seu voto mais perigoso: "Nunca mais vou me importar".

Bem cedo numa manhã, a tia de Ana, Isabel, bateu na porta de Willie Juan. Ele fingiu ainda estar dormindo. Isabel bateu uma segunda vez e então, alguns momentos depois, Willie Juan a ouviu gritar de fora da janela:

— Willie Juan, tenho algo para você.

O anúncio de Isabel foi o bastante para despertar a curiosidade de Willie Juan. Não a via desde o funeral. Saiu tropeçando pela casa até a porta da frente, gritando:

— O que é? — repetiu a pergunta enquanto escancarava a porta da frente.

Isabel estava ali, com um pacote nos braços.

— É algo para você... foi Ana quem deixou. Encontramos entre as coisas dela. Havia um cartão com seu nome nele.

Isabel abriu o pacote. Colocou-o nas mãos de Willie Juan; ele tateou e sentiu as válvulas de pistão, os *slides* de afinação e a campânula de um trompete.

— O q...? — e então à mente de Willie Juan voltaram muitas lembranças. Numa tarde, quando sentaram e conversaram à margem do rio, Ana pediu que lhe dissesse uma coisa que desejaria fazer. Ele lhe contou sobre um homem que havia visitado Hopi, um músico itinerante. Impressionou a todos quando tocou o trompete. "Gostaria de poder fazer o que ele faz", disse Willie Juan.

— Você nunca aprenderá a tocar trompete se afogando na tequila, Willie Juan; a única coisa que você está afogando é você mesmo. Ana não ia querer isso para você. Talvez esse trompete seja algo de que você precise neste exato momento. Talvez possa espantar seus males com a música. Ela o amava de corpo e alma — disse Isabel. — Agora volte a dormir.

Horas mais tarde, Willie Juan despertou com a cabeça latejando e o coração ferido. Estendeu a mão para pegar a tequila, mas suas mãos encontraram o trompete. O músico em Hopi tinha mostrado a Willie Juan como segurar o instrumento e até como soprar pelo bocal. Mas isso fora há muito tempo.

Ainda com a mente confusa, disse a si mesmo: "Vou tentar uma vez, por Ana". Levantou o trompete até a embocadura e soprou. Encheu o instrumento com a dor de seu coração, que extravasava do trompete em forma de melodia. Willie Juan ficou impressionado. Não sabia cantar, não tinha formação musical, mas, no momento em que o trompete lhe tocou os lábios, nasceu uma linda melodia. Naquele instante, o instrumento se tornou um símbolo de confiança para Willie Juan, algo que ele tinha perdido em algum lugar ao longo do caminho.

Despejando sua agonia no trompete, liberou torrentes de semicolcheias numa velocidade cegante, depois diminuiu melancolicamente para os registros médios do pistom em um grito de lamento. Certa vez, tinha ouvido um poeta dizer: "O que quer que não possa ser escrito será chorado". Com seu trompete, Willie Juan estava escrevendo o lamento de seu coração. Não tinha experimentado algo tão miraculoso assim desde aquele dia na Caverna das Fúlgidas Trevas. Mas isso fora há muito tempo.

— Mágica, pura mágica! — gritou um vizinho mais adiante na rua, dono do Teatro de Repertórios, que, ao passar, o ouvira tocar. — Você precisa compartilhar esse dom com o povo de Santa Fé. Prepare-se. Você abrirá a apresentação da próxima semana. — E assim foi.

Na semana seguinte, a avó de Willie Juan retornou de Hopi e foi ao teatro com ele. Willie Juan abriu com um quinteto. Posicionou-se no centro do palco, com os pés firmemente plantados no chão, com sua estrutura delgada a tiritar. Willie Juan devia começar com um solo. Os sons que saíram gritando do trompete, na forma de tônicas potentes, pulsantes, melódicas, eram notas intensamente pessoais de sua dor. O quinteto abaixou os instrumentos, e Willie Juan os ouviu se afastando lentamente para trás. A dor que ele tocava, embora bem pessoal, era também a de todos, percebeu. Todos ali a haviam sentido em algum momento, de algum modo.

Na manhã seguinte, Sereno Poente leu as críticas no jornal para o neto. O crítico de música de um prestigiado jornal local escreveu: "Na noite passada, um cego franzino subiu ao palco a passos lentos, marchou até seu pistom e com seu sopro explodiu o teto do Teatro de Repertórios. Logrou fazer em uma única apresentação deslumbrante tudo o que todos os trompetistas já conseguiram fazer isoladamente. Esse camarada será um tremendo sucesso".

E foi o que aconteceu. Contudo, embora tivesse se esquecido de muitas coisas do passado, lembrava-se de Hopi. À medida que sua riqueza aumentava, fielmente enviava presentes generosos para o prefeito da vila, incentivando-o a usar o dinheiro para revitalizar a cidade.

Willie Juan teve uma ascensão meteórica ao superestrelato, muito maior que sua modesta fama como escultor em madeira. Logo se viu nos mais importantes palcos ao redor do mundo, tocando para auditórios lotados. Seus arranjos de tirar o fôlego introduziram uma nova era tanto nos concertos clássicos quanto nos de *jazz*. Suas harmonias e ritmos iam ficando cada vez mais complexos, e seus acordes de rápida mutação e compassos ferozes exigiam um domínio impressionante do instrumento. Mas, mesmo então, o combustível para isso tudo era sua dor.

Depois de dois anos excursionando pelo país e o mundo, chegou sua hora de triunfo: um concerto de trompete com uma orquestra filarmônica completa em Nova York.

Mais tarde, naquela semana, o *New York Times* noticiou:

Um cego e maltrapilho chamado Willie Juan trouxe o trompete a um lugar jamais visto antes. Seus tons fulgurantes e arredondados, sua precisão técnica e seu pleno senso de fluidez e gradações foram extraordinariamente fascinantes. Mergulhou e deslizou por toda a escala do pistom. No *gran finale*, quando flertava corajosamente com a melodia, escalando no contraponto, lançando notas e nuanças no ar, para a frente e para trás, os céus se silenciaram, e Gabriel teve um momento de inveja. Ele pode não conseguir enxergar, mas nós vimos: o homem do pistom ganhou a cidade.

Outras revistas e jornais importantes confirmavam esses fatos; todos, menos um. Às vezes, os fatos têm pouca relação com a verdade. Uma crítica independente e não tão importante disse:

> A autoabsorção e o distanciamento de Willie Juan revelam um dilaceramento que precisa ser consertado. Ninguém pode negar seu dom milagroso, mas ficamos perguntando que votos foram feitos ao longo do caminho...

Basta uma voz de coragem para dizer a verdade.

Willie Juan sentiu as palavras sob a epiderme. Seu coração estava vazio, e aquilo tornou sem significado e importância o seu triunfo. Cancelou sua turnê pelo mundo, marcada para poucos dias, e se recolheu. Mais uma vez, tornou-se um solitário. Ficava acordado noite após noite. Sabia que sua música tinha fogo, alma e melancolia; o que lhe faltava era alegria.

Willie Juan se sentiu como uma concha ambulante que um dia esteve cheia de personalidade. Ainda usava sua bengala, e movia-se com todos os seus gestos, que pareciam humanos, mas um fogo se havia extinguido no interior dele. Tinha perdido o que um poeta amado chamou de "a música interior". Era um escultor de madeira e trompetista triste e cego, que sabia tocar as notas, mas a quem faltava a canção. Tinha tocado toda a dor que pôde encontrar dentro de si. Mas agora não lhe restara mais nada.

Estava inquieto e agitado. Uma noite, nesse vaivém, nesse sobe e desce, ouviu os sinos da igreja — a *Ave Maria*. Tinha parado de ir à igreja após a morte de Ana, mas, quando os sinos dobraram aquela manhã, lembraram-no de sua canção: "Ave, ave, ave Mar-i-a". Então, foi como se lembranças há muito congeladas derretessem e começassem a fluir sobre ele como ondas. Pensou em Hopi, e em Sereno Poente, e no Homem de Dores, e nas palavras e na amizade dele. Finalmente podia falar sobre a morte trágica de Ana: "Não posso compreender por que isso aconteceu, mas não é justo responsabilizar o Homem de Dores". Tinha tentado orar algumas vezes, mas desistiu; tudo parecia tão artificial. As poucas palavras que proferia saíam forçadas, e pareciam ocas em seu coração vazio. Ainda não havia nenhuma alegria.

Willie Juan só conseguia sentir ódio de si mesmo. A vaidade e o orgulho o haviam cegado; o reconhecimento, o aplauso e o sucesso tinham empedernido seu coração. Sua insensibilidade para com Ana o chocou. Ganhara muito, mas tinha perdido bastante daquilo que mais importava.

Estava ficando perigoso para Willie Juan estar sozinho, e ele sabia disso. A solidão pode ser fatal para a pessoa; então, como que do nada, decidiu deixar Santa Fé e ir passar o Natal em Hopi, com Sereno Poente.

A vila de sua juventude, que não tinha nada para oferecer, havia mudado. As casas agora estavam pintadas, havia eletricidade, aquecimento para o inverno e banheiras. Hopi agora tinha um centro de coleta de alimentos para os pobres, uma cooperativa agrícola e um maquinário novinho em folha para as colheitas. Os aldeães se mostravam perplexos diante do benfeitor misterioso que havia financiado tudo aquilo. "Talvez algum industrial rico do Norte que esteja se sentindo culpado por causa de todas as pessoas que ele trapaceou", disseram.

Enquanto Willie Juan claudicava pelas ruas com sua bengala, ele sabia que os aldeães se haviam esquecido completamente dele. O famoso filho deles, natural dali, tinha se desarraigado do lar. Certamente, imaginaram que ele tivesse encontrado pastos mais verdejantes com gringos ricos, e não soubesse mais falar a língua deles. Não podia culpá-los por pensarem assim. Em boa parte, estavam certos.

Ainda assim, Willie Juan se sentia profundamente ferido por esse distanciamento. Ele enterrava seus sentimentos conversando amenidades com a avó e escrevendo música. Sereno Poente estava fazendo duas *piñatas* grandes para a festa de Natal das crianças; Willie Juan conseguia enxergar o bastante para ajudá-la a enchê-las com laranjas e balas. Observou que a avó não conseguia falar com ele sem uma dor em sua voz.

Certa manhã, um telegrama chegou de Raphael Ramirez, cardeal arcebispo da Cidade do México. Sereno Poente leu a carta para Willie Juan:

> Caro Willie Juan,
> Seu grande presente para Hopi é reconhecido por todo o México. Agora que está de volta ao nosso país, o povo de Deus no México ficaria honrado se você compartilhasse seu dom e tocasse um *pot-pourri* de trompete na missa do galo, na véspera de Natal, no estádio da Cidade do México.
>
> Sinceramente, em Cristo,
> Sua Eminência,
> Cardeal Raphael Ramirez

Willie Juan ficou totalmente surpreso.

— Você precisa fazer isso. Deus o está chamando — disse ela.

A voz da avó, pela primeira vez desde a chegada dele, revelava deleite.

— Eu não saberia o que tocar — disse Willie Juan. — O Natal é um momento de alegria, e meu coração está tão triste. É o aniversário de Jesus, e sinto como se estivesse indo para um funeral.

Ela pôs a mão sobre o ombro do neto.

— Escute atentamente e toque somente o que você escutar em seu coração.

Quando Willie Juan chegou ao local da apresentação, pôde ouvir dos bastidores que o estádio ao ar livre estava repleto, talvez com quase cem mil pessoas. O cardeal Ramirez havia dito a Willie Juan que homens e mulheres que nunca sequer haviam ido à igreja tinham afluído à bilheteria. Até mesmo o presidente do México estava lá com toda a sua comitiva política. Willie Juan esperava que os camponeses de Hopi também tivessem conseguido seus lugares nas arquibancadas descobertas.

Willie Juan sabia que no palco estava o coro da catedral, de 150 vozes, e podia ouvir o bater ansioso dos pés dos membros da filarmônica, que estava assentada no poço da orquestra.

A multidão silenciou. Willie Juan ouviu os movimentos suaves do maestro da orquestra levantando sua batuta, e cem mil vozes no estádio lançaram-se em um canto estrondoso com a melodia de *Ó vinde adoremos*. A missa havia começado. Willie Juan podia sentir as vibrações do cardeal e de seus acompanhantes entrando em solene procissão.

As leituras perfuraram o coração de Willie Juan. Ele chorou quando o coral cantou *Noite de paz* em uma versão responsiva. Durante a homilia, o cardeal falou suavemente e com profunda emoção sobre Jesus, a criança de Belém, e acerca da plenitude dos tempos. Ainda comovido por *Noite de paz*, Willie Juan permaneceu do lado de fora, nas asas do auditório, sozinho e solitário em meio à vasta multidão. Durante a distribuição da Comunhão, continuou esperando que o coral da catedral entoasse o triunfante *Cristo nasceu, nações ouvi*. Quando todos haviam retornado a seus assentos, o cardeal Ramirez sinalizou para que fizessem uma pausa para meditação.

O cardeal interrompeu o silêncio com uma introdução simples — leu um bilhete de Sereno Poente: "Nesta noite, temos o privilégio de ser os primeiros a ouvir uma canção escrita por um músico e compositor muito talentoso, Willie Juan, especialmente para esta ocasião abençoada".

De algum modo, Willie Juan sabia que sua avó estava sorrindo. Afora o coral e Sereno Poente, ninguém mais sabia que ele tinha escrito uma canção especial para aquela noite. Não havia contado a absolutamente ninguém. Ele já havia executado composições próprias antes, mas era a primeira vez que Willie Juan compunha também uma letra. A letra lhe veio de uma só vez, tão rapidamente, que Sereno Poente mal a podia anotar. Mas conseguiu. E agora era a hora de compartilhá-la.

Willie Juan pisou o palco com sua bengala, com lágrimas a rolar pelo rosto. Então, no lindo momento de calor e brilho após a Santa Comunhão, com o eco triunfante de *Cristo nasceu, nações ouvi* ainda a ressoar, Willie Juan soltou sua bengala, ergueu seu pistom e tocou uma melodia naquela noite fria de inverno, iluminada pelas estrelas, enquanto o coro cantava:

Alguém precisa de mim?
Alguém se importa?
Alguém me ama?
Há alguém aí?

Conheci em criança
o amor de seus olhos,
mas agora, homem feito,
só creio em mentiras.

Eu te perdi, meu amigo;
a dor foi grande demais.
Antes eu conhecia o amor,
mas agora somente o ódio.

A imensa plateia suspirava em um silêncio estupefaciante. O trompete de Willie Juan elevou-se altaneiro acima do piano e da percussão em linhas melódicas longas e dolorosamente lentas, as quais esvaneciam num fio de música mais imaginado que ouvido.

Willie Juan ouviu o som de pessoas soluçando bem baixinho, uma vez que esse ruído tomou conta do estádio. Ele estava tocando sua música para todos eles. Sabia que muitas dessas pessoas, e especialmente ele, haviam tentado domesticar seus desejos, reduzir seus anseios, driblar a dor. O trompete de Willie Juan encarou cada um ali, olhos nos olhos, desnudou o coração de todos e os perfurou até o íntimo. Foi o que aconteceu também com ele mesmo.

Assombrado pela lembrança do Homem de Dores, diminuiu o ritmo, enquanto o coro continuava sua melodia de anelo:

Alguém precisa de mim?
Alguém se importa?
Alguém me ama?
Há alguém aí?

Mostraste uma vez teu amor
e disseste "Serei teu amigo.
Nunca te abandonarei,
desde agora até o fim".

Alguém precisa de mim?
Alguém se importa?
Alguém me ama?
Há alguém aí?

Willie Juan perdeu-se em sua música, e os membros do coro cantaram como se a noite dependesse deles. Então, de repente, despercebido pela maior parte das pessoas, alguém em meio à grande multidão começou a tocar seu trompete. O som aproximou-se rapidamente do palco, veloz como um trem, e Willie Juan baixou seu instrumento.

A princípio, ele não sabia ao certo o que estava sentindo, mas depois percebeu: era uma sensação de reconhecimento. Havia sentido isso antes, muito tempo atrás, na Caverna das Fúlgidas Trevas. Ele sabia quem estava tocando aquele trompete.

A canção era um refrão simples, repetido várias vezes, onda após onda de... amor. O som envolveu o estádio. Com uma intensidade insuportável, o homem continuava tocando seu trompete. Milagrosamente, o coro conseguiu expressar em palavras o que o desconhecido tocava:

Sempre precisarei de você.
Sempre me importarei.
Sim, sempre o amarei.
Sempre estarei presente.

Era como se as escamas tivessem caído dos olhos de Willie Juan. Através de um véu de lágrimas, ele olhou adiante e ficou estatelado ao enxergar uma luz. Onde houvera tão somente a escuridão, agora ele via vestígios de luz. Willie Juan pôde sentir algo se aproximando dele, como uma árvore ambulante.

O grande Homem de Dores, alto, esguio, mesmo esquelético, desceu os degraus do estádio lavados em lágrimas junto com os camponeses de Hopi que dançavam numa procissão diante dele. Como que movidos por uma força irresistível, a orquestra e o coral irromperam no *Messias* de Handel: "Rei dos reis e Senhor dos senhores, Rei dos reis e Senhor dos senhores".

Subiu ao palco elevado e ergueu os braços um para cada lado, como o crucifixo da igreja.

— Willie Juan — disse ele — há muitos anos as pessoas se esqueceram, adormeceram. Nesta noite, a dor e o anseio que você comunicou aqui as despertaram, ajudando-as para que voltassem a se lembrar de algo que haviam perdido ao longo do caminho. Olhe para a plateia, olhe ao redor do estádio. Veja o rosto de homens e mulheres incandescentes, vivos. A confiança cheia de dúvidas que você experimentou as chamou de volta à vida.

— Ó *señor*, vaguei tão longe, me perdi tanto e não sinto nada por dentro. Tudo o que sempre quis, embora tenha procurado nos lugares errados, era te encontrar. Minha vida é tão escura sem ti.

— Willie Juan, hoje é o meu aniversário. Pode pedir o que quiser, e lhe será dado.

Com a alegria de uma criança em uma *fiesta*, Willie Juan gaguejou:

— Ah, meu amigo, você não desistiu de mim, mesmo quando desisti de você. Não ouso pedir mais nada.

Mas não podia evitar a imagem que brilhava em sua mente: sua preciosa Ana Wim.

O Homem de Dores olhou profundamente, ternamente, nos olhos de Willie Juan.

— Feliz Natal, Irmãozinho. Quero que vá para casa, Willie Juan. Ela estará a sua espera na varanda da porta quando retornar a Hopi. Aba ressuscitou Ana Wim dos mortos e a trouxe de volta para você como um lembrete vivo de minha presença, para ajudá-lo a não se esquecer. Ela derramará as minhas lágrimas, lhe estenderá a minha mão, lhe mostrará meu coração e o segurará bem forte em meu amor. Vocês precisarão um do outro, Willie Juan, enquanto caminharem de mãos dadas para a casa de Aba. Ainda tenho muitas coisas para vocês dois fazerem juntos.

Willie Juan ficou em silêncio, envolto no amor de Aba. Conseguiu sussurrar:

— Ana está viva?

— Confie em mim. Agora, faça-me um favor, meu amigo?

— O que quiser — Willie Juan respondeu.

— Vamos tocar juntos.

Willie Juan levantou o trompete à sombra do poderoso Homem de Dores. Os dois pistons tocaram *Noite de paz* num dueto exuberante, para o encantamento do coração dos homens, das mulheres e das crianças presentes. Enquanto a última nota ficava suspensa no ar da noite, ouviu-se o sussurro de uma criança: "Vejam, está nevando".

noite

*"... vá para casa, Willie Juan. Ela estará
a sua espera [...]. Ainda tenho muitas
coisas para vocês dois fazerem juntos."*

Essas palavras — surpreendentes e cheias de esperança —
ecoaram nos ouvidos de Willie Juan no momento em que
os freios do ônibus cantaram ao ser acionados. Após o concerto de Natal, ele tinha rapidamente vendido tudo o que
tinha, exceto seu trompete e algumas poucas esculturas res-
tantes, deixara a casa em Santa Fé nas mãos de um corretor
de imóveis e tomara o primeiro ônibus de volta a Hopi.

Depois dos importantes acontecimentos em torno do
espetáculo de Natal, as pessoas de Hopi passaram a ver
Willie Juan com outros olhos e a ter um sentimento diferente em relação a ele. Para mostrar essa mudança de coração, o prefeito e o povo de Hopi haviam planejado uma
grande festa de retorno ao lar. Mas o ônibus de Willie Juan
se atrasou por problemas mecânicos. Acabou chegando
perto da meia-noite, depois que todos já haviam desistido
e resolvido ir para a cama. Para ele, não havia problema;
aliás, gostava de voltar para casa na calada da noite. Muita
atenção se havia voltado para ele recentemente, e o que
antes tinha desejado era agora totalmente exaustivo.

O motorista do ônibus retirou a mala de Willie Juan do bagageiro e depois, cuidadosamente, ajudou-o a descer a escada do ônibus. Mesmo com os momentos de visão restaurada no concerto, Willie Juan vivia ainda em um mundo de uma cegueira quase total. "Pronto, senhor." Ao se afastar, Willie Juan ficou ali, sozinho. O cheiro dos pés de alfarrobeira lhe encheu as narinas e fez caírem lágrimas de seus olhos ainda parcialmente cegos. Não tinha percebido como sentia falta de casa.

Dentro de alguns minutos, ouviu o trote de algum animal, talvez de um burro. Quando se aproximou, uma voz disse:

— Willie Juan, o povo da cidade queria lhe dar as boas-vindas de volta para casa, mas ficou muito tarde. Ofereci-me para permanecer e esperar seu ônibus chegar. Terei o maior prazer de o conduzir até sua casa.

Willie Juan percebeu que reconhecia a voz.

— Tino? É você?

— Sim, Willie Juan! Queria ser um dos primeiros a cumprimentá-lo. Soube que você tocou na Cidade do México no Natal. Foi maravilhoso. Queria pedir desculpas pelo modo como eu o tratava quando éramos meninos. Eu era tão mau com você. Estou muito, mas muito arrependido. Você me perdoa, por favor?

— Tino, eu já lhe perdoei há muito tempo. Ainda guardo as lembranças, mas elas não me doem mais.

— Obrigado, Willie Juan. Muito obrigado. Agora deixe-me ajudá-lo a subir na carroça. Preciso levar você para casa. Ela está acordada, esperando você.

— Obrigado, Tino. Sim, será muito bom ver Sereno Poente.

— Sereno Poente foi dormir na mesma hora em que todo mundo, Willie Juan. É Ana quem o está esperando .

Willie Juan sussurrou consigo mesmo: "Ana?". Foi tomado pelo medo e por um senso de maravilhamento. Seria mesmo verdade?

À medida que as rodas da carroça de Tino rangiam pela vila, Willie Juan pôde ouvir alguém cantarolando com os lábios fechados. O som foi ficando cada vez mais forte a cada giro das rodas. Por fim, quando a carroça parou, o som estava tão claro quanto a noite, uma linda melodia que saía também do fundo das lembranças de Willie Juan, inconfundível. Era a canção de Ana.

"Ave, ave, ave Ma-ri-a,
Ave, ave, ave Mari-a..."

— Ana? — Willie Juan sussurrou.

Tino ajudou Willie Juan a descer, entregou-lhe sua mala e o posicionou pelos ombros na direção da voz.

— Não é nenhuma brincadeira de criança, meu amigo. Continue seguindo a canção, em frente. Você está quase em casa.

Quando Willie Juan começou a dar seu primeiro passo como que num espelho, em enigma, a cantoria cessou. De repente, a canção se derramou sobre ele como a chuva da tarde. Era como se ela tivesse ganhado braços que lhe abraçavam o pescoço e vertesse lágrimas que lhe molhavam as faces.

— Ah, Willie Juan! Sou eu, Ana!

Willie Juan lembrou-se daquele dia transformador em que ele havia visto de verdade o rosto dela naquela esquina: olhos castanhos, nariz arrebitado, semblante fulguroso. Mas isso foi quando tinha uma boa visão; será que poderia mesmo confiar na visão pobre que lhe restara? Ana havia sido atingida por um carro e morrera — será que esta era ela de fato? Será que estava mesmo viva?

Foi quando sentiu duas mãos macias agarrarem seu rosto, dois lábios macios beijarem sua testa e depois um sussurro inconfundível em seu ouvido: "Willie Juanito, sou eu *mesma*!".

Ninguém jamais o chamara Willie Juanito... a não ser Ana.

Willie Juan lembrou-se da linha de um romance que lera: "Somente Deus sabe quanto eu te amo". Era exatamente o que sentia por Ana. Os dias e as semanas que se seguiram para Willie Juan só poderiam ser descritos como *locos d'amor*.

Em uma noite de março, enquanto percorriam as margens do rio Grande, Willie Juan se encheu de coragem enquanto as pombas arrulhavam no crepúsculo. Ele fez uma pausa e lançou a pergunta que já havia feito uma vez antes:

— Ana, eu a amo de todo o coração. Você que ser casar comigo?

Ana respondeu:

— Ah, Willie Juanito! Eu adoraria.

Não havia nenhuma hesitação em sua voz. E aquilo foi tudo.

A vila de Hopi agora voltava toda a atenção para o casamento de Willie Juan e Ana Wim, que se aproximava. A data estava marcada: Domingo de Páscoa. Não havia mais as cabanas fajutas e os edifícios de adobe de fácil desintegração da infância de Willie Juan. As generosas doações dele para a vila resultaram em pequenas e belas casas de adobe, cercadas por caminhos lindamente revestidos de paralelepípedo, conduzindo todos eles à igreja, no centro da vila. Ali, no meio de tudo, debaixo do crucifixo que trazia o Homem de Dores, era onde Willie Juan e Ana Wim se casariam.

À medida que se aproximavam os dias sagrados, na semana anterior à Páscoa, Sereno Poente disse a Willie Juan que ela prepararia um jantar especial na noite de Quinta-Feira Santa, para ele e para Ana. Depois de uma refeição maravilhosa com *fajitas* suculentas, delicioso pão de milho, mingau e torta de batata doce, Sereno Poente levantou-se da mesa e se ajoelhou aos pés de Willie Juan e de Ana.

"Meus pequenos, quero lavar os pés de vocês esta noite." Willie Juan começou a protestar, mas depois reconsiderou. Já havia aprendido a essa altura da vida que os presentes precisam ser recebidos, apreciados. Sereno Poente passou a lavar aqueles pés empoeirados. Depois, então, se voltou para Ana.

"Ana, tenho dois presentes para você. Primeiro, quero lhe dar esta babosa. Eu a usei como lenitivo para as feridas que conseguia enxergar em Willie Juan quando ele era menino. Segundo, quero que fique com minha cadeira de balanço. Eu a usei para tratar das feridas que eu não podia ver, mas sabia que estavam lá. Creio que você será uma bênção para muitas crianças, e esses presentes lhe serão de grande valia. Eu a amo, Ana Wim. Você é mesmo um presente de Deus."

Willie Juan ficou atento enquanto ela trocava de um joelho velho para o outro, passando a falar diretamente com seu neto. "Willie Juan, meu presente para você é, na verdade, um pedido. Pode lhe soar estranho agora, mas, se confiar em mim, creio que um dia compreenderá. Já estou velha. Muito em breve, você saberá quando, quero que faça uma última viagem à Caverna das Fúlgidas Trevas. Será bem difícil com sua visão tão enfraquecida, e seu corpo estará velho e frágil nessa ocasião, mas esse é o meu presente para você, por mais estranho que possa parecer. Somente Deus sabe quanto eu o amo, Willie Juan. Você é mesmo um presente de Deus."

A manhã do Domingo de Páscoa rompeu refulgente e cheia de frescor. Tino ajudou Willie Juan a ajustar sua gravata de caubói, enquanto vários outros homens da vila colocavam cobertores limpos na parte traseira da carroça de Tino. Willie Juan sentou-se na beirada da charrete, esperando. Quando Ana Wim surgiu do adobe, era como se o próprio céu suspirasse. Ela trazia nos cabelos as flores perfumadas do *ocotillo*; o aroma encheu o olfato de Willie Juan. Ana sentou-se ao lado dele na parte traseira da carroça e tomou sua mão. A carroça de Tino começou o trajeto pelas ruas de paralelepípedo em direção à igreja. As crianças da vila acompanhavam a carroça, e suas vozes enchiam o ar. O padre Thomas tinha acabado de lhes ensinar o grito francês da Páscoa: *"L'amour de Dieu est folie"*, o amor de Deus é loucura... o amor de Deus é loucura.

À porta, Sereno Poente os observava à medida que lentamente se afastavam. Poucos minutos antes, Willie Juan tinha lhe perguntado com um sorriso:

— Alguma última palavra⸮

— Willie Juan, apenas saiba que para viver neste mundo você precisa amar carne e sangue, agarrar-se firmemente a isso, saber quando se desapegar e depois deixar partir.

— Isso é mais que uma palavra, Vó.

E, com isso, a abraçou fortemente. E assim se deixou partir.

A vila inteira compareceu ao casamento. O padre Thomas tinha chegado à igreja de Hopi fazia apenas uns seis meses, mas o povo o aceitara rapidamente. Corria o boato de que suas liturgias um tanto heterodoxas fizeram que fosse enxotado de uma das igrejas maiores.

— Willie Juan e Ana, Aba gosta muito de vocês. Lembrem-se deste momento. Depois de hoje, vocês dirão para o mundo: "Este é meu marido. Esta é minha esposa".

— Vocês prometem amar um ao outro?

Willie Juan olhou para Ana com seus olhos quase cegos e disse:

— Sim, prometo.

Ana sussurrou:

— Eu também prometo.

Nunca antes se ouvira um aplauso na igreja da pequena vila. Até mesmo o padre Thomas foi tomado de surpresa. Willie Juan e Ana se viraram e olharam para os presentes. O grande crucifixo projetava uma enorme sombra sobre o corredor central. O novo casal avançou para a sombra e para o restante de sua vida.

Nos anos que se seguiram, Willie Juan e Ana descobriram que não poderiam ter filhos. Depois dos presentes de Sereno Poente para Ana, a babosa e a cadeira de balanço, Willie Juan teve dificuldades de compreender. Por que Aba negaria seu desejo de ter um bebê? A pergunta o deixou amargurado. Não tinha orgulho disso, mas, mesmo assim, a amargura não o deixava.

Ana começou a fazer *sopapillas*[1] à hora do crepúsculo. E sempre com a sua cantoria. Ela retirava as massas do óleo e, quando estavam bem douradas, as cobria de açúcar e depois abria a porta de trás. Em meio a seu canto e ao cheiro delicioso das *sopapillas*, apareciam crianças e animais todas as noites. Ana passava o mel para todas as crianças para que pudessem rechear a massa oca. A doçura do riso dos pequenos e os cães a sacudir o rabinho pareciam preencher o vazio que Ana sentia.

O padre Thomas apareceu uma noite perto da hora em que a primeira receita de *sopapillas* acabava de ser tirada do óleo.

— Será que teria um para esta velha criança? — disse com um sorriso.

Ana continuou a cantoria, com um sorriso que se fazia perceber em sua voz, e lhe passou o mel. Willie Juan podia ouvir a conversa deles sentado em sua cadeira de balanço do outro lado do pátio.

— Na verdade, vim ver Willie Juan — disse o padre. — Ele está?

Nisso, Willie Juan convidou o padre para se aproximar dele. Quando o padre Thomas entrou no quarto, Willie Juan passou a mão na cadeira ao lado.

— Sente-se.

— Willie Juan, eu não sou muito dado a instruções, você sabe disso — começou o padre Thomas. — Além disso, você teve experiências com Aba que a maioria de nós apenas sonhou ter. Mas, com certeza, eu tento lembrar as pessoas de coisas de que possam ter se esquecido.

Qualquer um pode cantar em plena luz, mas só aqueles que sabem sussurrar uma doxologia na escuridão é que são verdadeiramente gratos. Epa, nada má essa frase, hein? Eu devia tomar nota!

Willie Juan sorriu. O padre Thomas se levantou e foi buscar outra *sopapilla*.

— Você tem uma casa cheia de crianças, Willie Juan. Mas parece que nunca tinha contado com isso.

E, com esse pensamento, Willie Juan relembrou as palavras do Homem do Remédio: "... vá para casa, Willie Juan. Ela estará a sua espera na varanda da porta quando retornar a Hopi. Aba ressuscitou Ana Wim dos mortos e a trouxe de volta para você como um lembrete vivo de minha presença [...]. Ainda tenho muitas coisas para vocês dois fazerem juntos". Pela primeira vez em semanas, Willie Juan riu à socapa, mas de si mesmo.

— Ana sempre se importou com esses pequeninos e cuidou deles. Era uma das qualidades dela que primeiro me atraíram. Esse é o presente dela, o nosso presente para a vila. Como eu pude ser tão *cego*?

Depois de uma pausa de um segundo, os dois homens riram como duas crianças.

Nesse exato momento, Willie Juan sentiu uma mão sobre a sua. Os dedos eram pequenos, de uma criança, muito provavelmente um menino.

— Sr. Willie Juan, Ana precisa de sua ajuda. Ela pediu que eu o levasse até ela.

— E qual é o seu nome, garotinho? — Willie Juan perguntou.

— Meu nome é John.

E assim, quase todas as noites, com o passar dos anos, o lar de Willie Juan e de Ana Wim ficava cheio de crianças. Eles amavam todas igualmente, mas a cada uma de forma diferente. Ana ensinou muitas delas a fazer *sopapillas*, e elas aprenderam tão bem que, numa noite de verão, foram elas que dominaram a cozinha. Quando se sentaram para comer, Willie Juan perguntou:

— Quando chegarem ao céu, amiguinhos, vocês sabem o que Aba perguntará?

Uma menininha disse:

— Ele vai dizer: "Você foi uma boa menina?".

Outro menino começou a falar:

— Não, ele vai perguntar quantas orações nós fizemos.

Uma menininha de cabelo cor de fogo disse que tinha medo de Aba. Willie Juan tentou acalmar suas lágrimas:

— Ah, pequenina, não precisa ter medo de Aba. Escutem bem, e eu vou dizer qual vai ser a pergunta de Aba.

As crianças pararam de comer e ficaram na expectativa.

— Aba vai perguntar: "Você saboreou a *sopapilla*?".

As crianças riram todas em uníssono, e Willie Juan fez coro com uma risadinha. Depois continuou:

— Aba quer que vivam com gratidão, desfrutando de seus presentes.

Depois de conversarem um pouco mais, todas as crianças voltaram para as *sopapillas*, quer dizer, todas menos John.

Desde que ele conduziu Willie Juan até a cozinha numa noite muitos meses antes, John passara a permanecer à sombra de Willie Juan. Ou talvez fosse Willie Juan quem permanecesse à sombra de John. Uma noite, Ana mencionou o assistente do esposo. Willie Juan disse: "Pois é, acho que ele quer se certificar de que eu não perca nada. Uma tarde ele apontou um corvo e depois, noutro dia, perto do crepúsculo, chamou minha atenção para um coiote".

Depois que as crianças voltaram a comer suas *sopapillas*, John se aproximou de Willie Juan, segurando o doce nas mãos.

— Sr. Willie Juan, você quer um pedaço da minha *sopapilla*?

A pergunta estarreceu Willie Juan; só podia pensar em uma coisa: o dia em que o Homem do Remédio tinha feito uma pergunta semelhante. Lembrou-se de que naquele dia seu coração até tinha batido de forma diferente. Willie Juan teve o mesmo sentimento depois da pergunta de John.

— Sim, eu aceito um pedaço da sua *sopapilla*.

Então, Willie Juan se voltou em direção ao rosto de John.

— J-John... você quer ser meu amigo?

— Sr. Willie Juan, eu sou seu amigo.

O padre Thomas pediu que Willie Juan o substituísse num domingo na igreja de adobe no centro da vila.

— Morreu minha tia mais chegada, Willie Juan, e eu preciso viajar e cuidar de seu funeral. Ela foi quem primeiro me contou sobre o amor de Aba.

As palavras dele lembraram Willie Juan de Sereno Poente e de como ela o embalava e sussurrava no ouvido dele sobre a misericórdia de Aba. Sereno Poente tinha morrido já fazia muitos anos. Willie Juan se lembrava ainda de suas últimas palavras: "Não há tragédia quando alguém morre no fim da vida".

— Tudo bem, Thomas, eu quebro esse galho. Mas não tenho certeza do que vou falar. Estou ficando velho.

O padre Thomas disse:

— Todos estamos, Willie Juan. Tenho certeza de que você encontrará alguma coisa para dizer. Vai se sair muito bem; não se preocupe.

Correu a notícia na vila de que Willie Juan seria o orador do domingo seguinte na igreja. Todos se organizaram para estar lá. Já tinham se passado muitos anos desde o casamento de Willie Juan e Ana. Embora ele e Ana estivessem sempre presentes, a cada domingo, entre as pessoas, aquela tinha sido a última vez em que ele se apresentou diante do povo na igreja da vila.

Um dia de manhã, no desjejum, Ana percebeu que Willie Juan estava absorto com o convite do padre Thomas. Ela perguntou:

— Você sabe o que dizer para o povo?

— Acho que vou lhes falar sobre o que significa ser amigo: você não precisa compreender seus amigos; basta amá-los. O que você acha? — Willie Juan perguntou.

— Eu acho que eu amo você, Willie Juanito. Você vai se sair muito bem; não se preocupe. Agora coma, senão...

— Senão o quê? — Willie Juan sorriu.

— Senão vou contar para toda a vila que suas meias têm furos e você não me deixa cerzir.

Ana esperou a resposta. Ele sabia que corresponderia a suas expectativas. Apenas riu, e depois começou a comer.

As paredes de adobe da igreja quase não comportavam as pessoas. O ar era fresco, com o cheiro do outono, repleto de variações. As crianças da vila cantaram uma canção para começar o culto:

Oh, ele chamou as criancinhas,
e as fez sentar em seu colo.
Glória! Cantem ao Senhor.
Ele as abraçou e as afagou,
então não queriam mais sair.
Glória! Cantem ao Senhor.

Quando as crianças voltaram para seus lugares, John, agora com quase doze anos, ficou do lado do banco em que Willie Juan estava sentado. "Eu vou conduzi-lo nos degraus, sr. Willie Juan."

Quando Willie Juan olhou para as pessoas, era como se a escuridão de seus olhos se deslocasse também para seus pensamentos. Não conseguia lembrar o que planejara dizer. Aliás, não conseguia pensar em nada para dizer, absolutamente nada. Todos se sentaram, calados. Os segundos transcorridos pareciam horas para Willie Juan. Por fim, Ana se levantou e ficou ao lado do marido, segurando suas mãos trêmulas. "Vem agora, meu amor. Meu amado, vem."

Ana e Willie Juan desceram lentamente o corredor central da igreja de adobe. O povo da vila de Hopi ficou de pé, em cada uma das fileiras, enquanto seus amigos passavam.

Willie Juan ficou cada vez mais distante, sonhando com o passado: Sereno Poente, o Homem do Remédio e a Caverna das Fúlgidas Trevas. A mente e o corpo estavam exaustos. Lembrou-se dos mais velhos da vila que usavam a expressão "Quando o rio chamar seu nome". Ele agora sabia o significado. Conseguia ouvi-lo. Willie Juan sabia que Ana era capaz de perceber o que estava acontecendo.

Um dia, Willie Juan ouviu Ana dizer a John:

— John, preciso de sua ajuda.

— O que eu puder fazer, Ana. Você sabe disso.

Diminuíram tanto o tom da voz que Willie Juan praticamente não conseguiu distinguir o que Ana disse depois, mas ouviu a resposta de John:

— Você tem certeza de que eu sou a pessoa certa؟

— Sim, John — Ana disse com firmeza. — Ele confia em você.

Na quinta-feira seguinte, o povo da vila de Hopi estava ocupado com as últimas preparações para a *Fiesta* da Virgem da Assunção. Ainda era um ensejo de grande celebração às margens do rio Grande. Mesmo assim, a maioria dos aldeães encontrou um tempinho para passar pelo adobe de Willie Juan e o cumprimentar, ou falar com ele, ficar uma horinha. O dia era de uma nitidez para Willie Juan: lembrava-se de nomes e contava histórias. Havia dias para Willie Juan em que a mão infinitamente terna de Aba parecia por um instante conter a escuridão. Esse era um desses dias, um dia bom.

O padre Thomas foi a última visita aquela noite. Sentou-se na varanda da porta de trás com Willie Juan e Ana. Beberam café preto e comeram *sopapillas* recheadas com mel, deixando a conversa para os pássaros. Era dia de Comunhão, percebeu Willie Juan. Um bom encerramento para um dia bom.

Na manhã seguinte, Ana ajudou Willie Juan a descer da charrete. Ali, Willie Juan percebeu que John estivera a sua espera. Era bem cedo; o dia acabava ainda de raiar. Ana entregou a John uma cesta de alimentos para a jornada: *enchiladas* recheadas com galinha, deliciosos pães de milho, torta de batata-doce e, naturalmente, *sopapillas* com mel. John colocou a cesta na parte de trás da carroça, reorganizando os cobertores e a água que tinha trazido, antes de retornar ao assento do condutor. Ana virou o rosto de Willie Juan na direção dela.

— Meu Willie Juanito, você se lembra que Sereno Poente queria que retornasse à Caverna das Fúlgidas Trevas uma última vez?

Willie Juan se lembrou.

— John o guiará até lá — Ana continuou. — Ele o levará o mais longe que puder, mas você terá de subir sozinho os últimos degraus. Não tenha medo. A pergunta de sua vida foi sempre "Você vai confiar?". E ela está sendo feita a você outra vez, meu amor. Não se preocupe; tudo ficará bem.

Willie Juan se sentiu tocado pela ternura de sua mulher.

— A vida é mesmo um presente, não é? — Willie Juan sussurrou.

— Sim, meu amor, e como.

Ana beijou sua face, passou os polegares em suas sobrancelhas e envolveu seus ombros com uma fina colcha de retalhos.

— O que é isso? — Willie Juan perguntou.

— É a colcha de retalhos em que Sereno Poente estava trabalhando antes de falecer. Creio que ela ia querer que você a levasse consigo nesta viagem. Eu também quero.

Ana então o ajudou a subir na carroça. John afrouxou as rédeas somente o suficiente para que as duas mulas começassem a se mexer. Willie Juan se voltou e acenou. Não podia enxergar Ana, mas sabia que ela estava lá.

Os dois peregrinos alcançaram a altitude antes do meio da manhã. John subiu quanto pôde com a carroça; dali em diante, a viagem deles seria a pé. Com uma mão numa bengala e a outra em volta do pescoço de John, Willie Juan começou a escalada final rumo ao topo.

— John, talvez você se arrependa de querer me ajudar. Sou velho e lento.

— Willie Juan, vamos dar mais uns passos, tomar fôlego e depois seguir um pouco mais. Um pé após o outro.

Assim começaram a encarar a íngreme subida com o plano que traçaram: uns passos, pausa... mais uns passos, pausa. Por agora, o sol já estava quase a pino; a camisa dos dois estava ensopada de suor. Willie Juan tropeçou e caiu duas vezes; na segunda, levou John consigo. Quando sentaram, com cotovelos e palmas das mãos arranhados, Willie Juan começou a dar uma risadinha. Depois, sua risadinha se transformou em uma estrondosa gargalhada, tão contagiante que John começou a rir também.

E então uma lembrança veio à tona, uma recordação de que Willie Juan tinha quase se esquecido.

— John, eu já lhe contei sobre a vez em que um colega de classe me desafiou a subir esta serra?

— Não. Gostaria muito de ouvir a história. Mas por que não me conta enquanto caminhamos? Só um pouco mais e talvez encontremos um pouco de sombra. Combinado?

E assim Willie Juan contou a história de Antônio, que levou à história do Homem do Remédio, que levou à história da *amorina*, que levou à história de sua experiência na Caverna das Fúlgidas Trevas. A mente de Willie Juan lá na vila parecia anuviada, mas agora parecia cristalina, bem aguçada. Para benefício deles, a narração da história impediu que se concentrassem na difícil subida, até que, de repente, olharam para cima e lá estava a escadaria de pedra que conduzia a uma caverna. Uma saliência de rocha oferecia uma sombra agradável; então fizeram a tão necessária pausa e comeram algumas *enchiladas* e *sopapillas*.

— John, você está desfrutando o que você está comendo agora?

— Sim, Willie Juan. Tudo é delicioso.

— Bom. É importante para o coração de Aba que apreciemos os presentes que ele nos dá. Há 28 degraus a partir daqui que descem até a caverna, os quais Sereno Poente chamava de a "deslumbrante escuridão da pura confiança", e depois chegamos à caverna. Estou pronto quando você estiver.

— A gente chega mesmo a confiar quando vê, Willie Juan?

— Gostaria de dizer que sim, John, mas a fé que eu tenho se fortaleceu nas trevas. É como são as coisas.

— Temi que você dissesse isso. Tudo bem, estou pronto; vamos.

Ao se aproximarem da mureta à entrada da caverna, Willie Juan parou e se aprumou.

— John, precisamos ficar até uma hora após o pôr do sol. Apenas sente comigo, com calma e paciência. Escute o silêncio. Tenha coragem. A coragem é como fazer amizade com o que se acha do outro lado da esquina e não se pode enxergar. E John, quando retornar, cuide de Ana.

Ao entrarem na caverna, imediatamente sentiram o frescor sobre a pele. Viram uma laje de pedra quase a meio da caverna, mais para o fundo, coberta com sacos de juta. Sobre um canto, havia um lampião de querosene, uma cadeira muito frágil e uma velha e surrada mesa de carvalho. No outro canto havia um altar de pedra; um grande e elevado crucifixo se achava por trás dele. Willie Juan apontou para a laje de pedra, e John o levou até lá. John sentou-se no chão ao lado da laje enquanto Willie Juan subia nela com certa dificuldade. Não demorou muito e Willie Juan caiu num sono pesado.

Seu sono foi interrompido pelo som de passos na escadaria de pedra que se aproximavam cada vez mais da entrada da caverna. Ele permaneceu em silêncio enquanto via através de sua quase cegueira entrar na caverna um homem alto e esguio.

— O Homem de Dores — disse John destemidamente. — Willie Juan me falou de você. Ana pediu que eu o ajudasse a vir aqui mais uma vez. Mas não sei o que fazer agora.

O Homem do Remédio aproximou-se de John e sentou-se a seu lado.

— Obrigado, John. Não é pouca coisa ajudar os muito jovens ou os muito velhos. Muito bem. John, você sabe o que significa seu nome?

— Sim, significa "amado".

Willie Juan sorriu para si mesmo, bem quieto, enquanto permanecia deitado. Tinha ensinado a John o significado de seu nome quando fizeram amizade alguns anos antes.

— Exatamente. Tenho um desafio para você. Gostaria de ouvi-lo?

— Sim — disse John.

— Volte e ponha o seu nome em prática; viva como o amado de Aba. Alguns talvez lhe perguntem, mas a maioria apenas observará sua maneira de viver. Alguns o chamarão de louco, alguns talvez até tentem silenciar sua voz, mas outros pararão e se maravilharão. Sua coragem de viver como amado de Aba dará às pessoas a força para fazerem o mesmo. Pois ao final somente uma coisa permanece: o amor de Aba. Willie Juan sabia disso, mas o rio está chamando o nome dele. John, agora é sua vez: defina-se como um amado por Deus.

Willie Juan, não mais conseguindo ficar calado diante da presença do Homem de Dores, pôs-se de pé, espreguiçou-se e dirigiu-se para onde o Homem do Remédio e John estavam sentados, sorrindo o tempo todo.

— Olá, Irmãozinho — disse o Homem do Remédio com um sorriso que Willie Juan podia identificar claramente. O Homem do Remédio ficou de pé e abraçou Willie Juan.

Willie Juan o tomou pelos ombros.

— Ah, *señor*, como é bom vê-lo.

Willie Juan voltou o olhar para John.

— Amigo, vi que conheceu o Homem do Remédio de que lhe falei.

— Sim, nos conhecemos... Sr. Willie Juan, você consegue ver?

— Estou começando, John. Estou começando.

O Homem do Remédio estendeu a mão para John e depois o levantou.

— É melhor voltar, meu amigo. Lembre-se: somente uma coisa permanece.

Willie Juan apertou o ombro de John.

— Você sabe o caminho de casa. Obrigado, John. E não se esqueça de cuidar de Ana.

Willie Juan e o Homem do Remédio começaram a contar um ao outro muitas histórias e a rir enquanto John subia a escadaria de pedra.

— Você ficará com ele, Homem do Remédio? — Willie Juan perguntou.

— Sim, Willie Juan, como sempre estive com você.

Os homens de dores andaram até a beirada da caverna e observaram John desaparecer na noite.

— É hora de ir, Willie Juan.

— Sim, eu sei.

Willie Juan só podia divisar ao longe as luzes da vila de Hopi enquanto caminhava com o Homem do Remédio ao longo do cume. Era o primeiro dia da *Fiesta* da Virgem da Assunção. Um dia bom. Um dia muito bom.

Notas

Manhã

[1] Comida mexicana preparada com massa de milho, carne moída, temperos e pimenta malagueta. (N. do T.)

[2] Prato mexicano com tiras de carne (bovina, suína ou de frango) grelhada e servida em uma *tortilla*, geralmente com condimentos apimentados. (N. do T.)

[3] Prato mexicano que consiste em uma *tortilla* de farinha geralmente recheada com carne (bovina, suína ou de frango) e condimentos. O formato é aproximadamente o de uma trouxinha. (N. do T.)

[4] Espécie de pão asmo, confeccionado com farinha de milho ou de trigo e cozido sobre uma superfície quente, geralmente usado como entrada ou base para outros pratos, como *burritos*, *tacos* e *fajitas*. (N. do T.)

[5] Comida típica da culinária mexicana que consiste em uma *tortilla* à base de milho que pode ser recheada com carne picada (frango, carne bovina ou de porco), queijo, alface e às vezes tomate. Come-se com as mãos, como um sanduíche. (N. do T.)

[6] Espécie de pimenta. (N. do T.)

[7] A mesma pimenta recheada. (N. do T.)

[8] *Tortillas* de milho crocantes, em formato triangular, cobertas com queijo e pimenta *jalapeño*. (N. do T.)

[9] Espécie de panqueca de milho mexicana, muito condimentada, recheada com carne bovina, feijão ou frango e recoberta de molho apimentado e queijo ralado. (N. do T.)

[10] Prato típico feito com feijão. (N. do T.)

Noite

[1] Massa de farinha frita em óleo, depois recheada com mel e salpicada de açúcar. (N. do T.)

Compartilhe suas impressões de leitura escrevendo para:
opiniao-do-leitor@mundocristao.com.br
Acesse nosso *site*: www.mundocristao.com.br

Diagramação:	Sonia Peticov
Fonte:	Schneidler BT
Gráfica:	Forma Certa
Preparação:	Cecilia Eller
Revisão:	Josemar de Souza Pinto
Papel:	Off White 80 g/m2 (miolo)
	Cartão 250 g/m2 (capa)